마왕

요 도　김남재　신무협　장편소설

ORIENTAL FANTASY STORY & ADVENTURE

dream
books
드림북스

마왕 18

초판 1쇄 인쇄 2018년 6월 14일
초판 1쇄 발행 2018년 6월 25일

지은이 요도 김남재
발행인 오영배
기획 박성인
책임편집 이대용
표지 · 본문 디자인 권지연
일러스트 나래
제작 조하늬

펴낸곳 (주)삼양출판사 · 드림북스
주소 서울시 강북구 도봉로 173
대표 전화 02-980-2112 **팩스** 02-983-0660
편집부 전화 02-980-2116 **팩스** 02-983-8201
블로그 blog.naver.com/dreambookss
출판등록 1999년 3월 11일 제9-00046호.

ⓒ 요도 김남재, 2018

ISBN 979-11-283-9286-3 (04810) / 979-11-313-0507-2 (세트)

드림북스는 (주)삼양출판사의 판타지 · 무협 문학 브랜드입니다.

마왕
18
요도 김남재 신무협 장편소설
ORIENTAL FANTASY STORY & ADVENTURE
dream books
드림북스

목차

1장. **준비** — 돌아오실 겁니다   007

2장. **거점** — 살려서 데려간다   043

3장. **전쟁의 시작** — 따르라   077

4장. **인간 방패** — 궁금해서 말이야   117

5장. **작전 개시** — 믿어   153

6장. **외성 돌파** — 진격!   191

7장. **돌파** — 살아남아라   229

8장. **성장** — 문. 저희가 엽니다   267

9장. **균형** — 누님   287

1장. 준비

— 돌아오실 겁니다

부의민은 정신없이 바빴다.

북해빙궁까지의 길었던 여정을 끝내고 돌아온 그는 곧바로 백옥에 위치해 있던 자신들의 거점으로 돌아왔다.

그곳으로 돌아온 부의민은 계속해서 혁련휘의 연락을 기다렸다.

그렇지만 혁련휘의 연락은 오지 않았고, 부의민은 무작정 기다리는 것밖에는 방도가 없었다.

기다리면서도 부의민은 비밀리에 여러 가지 것들을 준비하고 있었다.

그 모든 건 전부 혁련휘가 돌아오고, 마교로 진격할 때

도움이 되고자 해서였다.

　이곳 군룡회에서 쓰기 위해 모아 둔 생필품들을 다시금 정리해서 언제든 출정 명령이 떨어지는 순간 가지고 이동하기 용이하도록 간단하게 재정비한 것이다.

　오지 않는 연락.

　그렇지만 부의민은 막연하게 믿었다.

　그들은 반드시 돌아올 것이라고.

　자하도라는 위험한 곳으로 들어갔다는 사실을 알고 있지만 그럼에도 불구하고 부의민은 그들의 성공을 한 치의 의심도 하지 않았다.

　그랬기에 부의민은 지금 자신이 할 수 있는 것에 최선을 다했다.

　지금 자신이 할 일이라고는 자하도로 간 이들을 기다리며 추후에 있을 그 날을 대비하는 것뿐이었다.

　커다란 서책에 적힌 목록들과 창고에 빼곡히 들어서 있는 물품들의 숫자를 꼼꼼히 확인한 부의민은 이내 고개를 끄덕였다.

　"정확하군."

　"시키신 대로 다시 준비시켜 놓긴 했는데 어째서 이런 명령을 내리신 건지……."

　새외 세력과의 싸움에 정신이 없는 지금 갑작스레 내려

온 이 명령은 사실 이해하기 힘든 일이었다.

그들과 싸울 손이 하나라도 더 필요한 지금 무인들까지 투입하여 창고의 물품을 재정비한다고 하니 쉽사리 납득하기 어려웠다.

창고를 담당하는 이의 물음에 부의민은 대수롭지 않다는 듯 대꾸했다.

"요새 은근슬쩍 물건들을 뒤로 빼돌리는 놈들이 많다고 하여 확인차 재정비한 것이다. 뭐 문제라도 있는가?"

"아, 아닙니다."

부의민의 적절한 둘러대기가 통했는지 사내는 그저 고개를 끄덕였다.

그가 말한 대로 싸움이 길어지고, 신도율이 마교를 장악하게 되면서 새외에 위치한 마교 무인들 내부에서도 혼란이 있는 건 당연했다.

스리슬쩍 도망치는 이들도 생겼고, 그들은 당연히 창고에 있는 물품에 손을 대려고 하기도 했다.

그들의 입장에선 지금 이 싸움을 이어 가는 것 자체가 탐탁지 않은 상황.

차라리 이 모든 걸 빨리 끝내고 고향으로 돌아가기만 바라는 이들의 숫자가 하루가 다르게 늘어날 수밖에 없었다.

쥐고 있던 서책을 챙긴 부의민은 이내 옆에 서 있던 적인호에게 슬쩍 눈짓했다.

그러고는 이내 그와 함께 단둘이 창고 바깥으로 빠져나오고는 거처가 있는 쪽을 향해 발을 움직였다.

부의민과 나란히 걷고 있던 적인호가 말을 꺼냈다.

"하루가 다르게 도망치는 이들의 숫자고 늘고 있다고 하오."

"알고 있습니다."

말을 하며 부의민은 슬쩍 주변을 둘러봤다.

수많은 마교의 무인들이 곳곳에 모습을 보인다. 그들의 얼굴에는 짙은 피로감만이 가득했다.

당연한 결과다.

싸움은 길어졌고, 이제는 희망까지도 사라졌다.

저들도 바보가 아니고서야 곧 마교를 장악한 이들이 자신들을 적으로 간주할 거라는 사실을 알고 있다. 그걸 알기에 도망자들도 생기고 있는 것이다.

새외에 대치하고 있던 병력들의 우두머리는 대부분이 혁무조를 따랐고, 또 혁련휘를 인정하던 자들이다. 그 때문에 아직까지 이곳을 지키며 신도율을 인정하고 있지 않은 상황이었지만…….

결국 이렇게 무의미하게 지나가는 시간은 그들 쪽에 손을 들어 주게 만들고야 말 것이다.

적인호가 걱정스레 중얼거렸다.

"교주님이 어서 돌아오셔야 할 터인데."

지금 이들이 흔들리는 이유 중 하나는 다시금 사라진 혁련휘의 존재 때문이다.

살아서 돌아온 교주.

그나마 혁련휘가 있었기에 이들은 안 좋은 상황에서도 애써 병기를 잡고 싸워 왔다. 그러던 차에 갑자기 혁련휘가 모습을 감췄다.

안 좋은 소문들이 꼬리에 꼬리를 물고 이어지는 건 당연한 결과다.

사실은 죽었다느니, 심지어는 겁을 먹고 먼저 도망갔다는 소문까지도 은연중에 퍼지고 있다.

짙어져 가는 무기력감과 패배감.

이 모든 걸 없앨 수 있는 건 단 하나뿐이다.

희망.

이 긴 싸움의 종지부를 찍을 수 있다는 그 일말의 희망이 있어야 했다.

그 조금의 희망이라도 있다면 힘을 얻고 움직일 수 있는 것이 인간이었으니까.

돌아오지 않는 혁련휘에 대해 걱정하는 적인호를 향해 부위민이 짧게 말했다.

"돌아오실 겁니다."

한 번도 스스로 내뱉은 말을 지키지 않은 적이 없는 혁련 휘였으니까.

그런 부의민의 흔들림 없는 모습에 적인호 또한 입을 굳게 닫은 채로 바삐 걸음을 옮기고 있을 때였다.

부의민과 적인호가 지나간다는 사실도 모르고 막사의 입구에 걸터앉은 무인 두 명이 낮은 목소리로 이야기를 흘렸다.

"대체 언제까지 싸워야 하는 거야?"

"끝이 있으면 답답하지라도 않지. 그냥 죽으라는 거랑 다를 게 뭐야?"

"젠장, 새외 놈들한테 죽으나, 뒤에서 들이닥칠 아군한테 죽으나 개죽음인 건 매한가지인데."

둘의 대화는 지금 새외 쪽으로 나와 있던 마교 병력들의 공통적인 생각을 말해 주고 있었다. 저렇게 대놓고 불만을 드러내지 않는다 해도 그들 개개인의 생각은 크게 다르지 않았다.

지나쳐 가며 우연히 둘의 대화를 들은 적인호가 눈에 불을 켜고는 그쪽을 향해 몸을 돌렸다.

"마교의 무인이라는 놈들이……."

나약한 소리를 뱉어 대는 그들의 모습에 분개한 듯 적인호가 나서려 할 때였다. 그런 그를 부의민이 황급히 손을 들어 저지했다.

자신을 바라본 적인호를 향해 부의민이 작게 고개를 저으며 말했다.

"참으시지요."

"하지만……."

"지금은 채찍질을 할 때가 아닙니다."

말을 달리게 할 때도 채찍과 당근이 필요하다.

하물며 인간에게 말해 무엇하랴.

지금 두려움만이 가득한 그들을 채찍으로 다스릴 수도 있다.

그리고 당장에야 그런 행동이 도움이 되는 것처럼 보일 수도 있다.

허나 희망도 없는 상황에서 계속해서 휘둘러지는 채찍은 결국 독이 될 수밖에 없다.

궁지에 몰린 쥐는 결국 고양이를 물어 버리기도 하니까.

부의민의 말에 어쩔 수 없이 다시금 걸음을 옮겨야만 하는 적인호에게 그가 말을 걸었다.

"적 가주님, 부대를 다시 편성해야 합니다. 보다 효용성 있고 확실하게 힘을 집결시킬 수 있도록 다시 부대 편성을 부탁드리지요."

"흐음, 내일 즉시 대주들을 모아 그리하도록 해 보겠소."

새외 전체를 막아 내는 마교의 오만에 가까운 병력의 부대 편성을 다시 한다는 게 생각보다 쉬운 일은 아니었지만 그랬기에 서둘러야만 했다.

혁련휘가 돌아오는 그 즉시 계획된 모든 것들을 최대한 빠르게 진행시켜야만 한다.

신도율이 보다 큰 힘을 가지기 전에 싸울수록 자신들에게 유리할 테니 말이다.

얼마 전 마교에서부터 전해 받은 서찰을 통해 혁무조를 지키던 호위 무사인 무명의 사망 소식을 전해 들었다.

그 말은 곧 신도율이 마교 내부를 진정시킬 시간이 그리 멀지 않다는 걸 의미했다.

혁무조, 장룡, 그리고 무명을 비롯한 혁련휘를 따랐던 수도 없이 많은 무인들이 죽었다.

그런 그들의 복수를 위해서라도…… 이 싸움, 반드시 이겨야만 한다.

'저희 쪽 준비는 끝나 가고 있습니다, 교주님. 이제 남은 건 교주님께서 돌아오시는 일뿐.'

간절한 바람만을 마음에 품은 채로 부의민은 적인호와 각자의 거처로 가기 위해 헤어졌다.

그렇지만 적인호와 떨어지고도 부의민은 곧장 돌아가지

않고 막사들 사이사이를 계속해서 걸었다.

그는 얼굴에 미소를 띤 채로 곳곳을 그저 걷기만 했다.

의미 없어 보이는 행동이었지만 그런 부의민의 움직임에는 이유가 있었다.

군룡회의 회주.

어쩌면 지금 남아 있는 모든 마교 병력을 통솔하는 실질적인 인물이 바로 부의민이다.

그런 그가 사람들 앞에서 유쾌한 표정을 지으며 돌아다닌다는 것 자체가 아군의 사기를 높이기 위한 행동이었다.

부의민은 낮게 가라앉은 막사 내의 분위기를 최대한 끌어 올리고 있었다.

이런 상황에 대해 가장 머리가 아프고 고민이 많을 군룡회의 회주인 그가 오히려 웃으며 돌아다닌다는 건 그들에게 이런 말을 전하는 것과 다름없었다.

괜찮다고.

우리는 괜찮다고.

황실로 치자면 대장군과 다를 바 없는 부의민이 직접 막사 내부를 돌아다니고 있으니 일순간이지만 마교 무인들의 분위기는 달아오를 수밖에 없었다.

군룡회의 회주가 직접 자신의 발로 곳곳을 다니며 무인들을 응원한다는 건 그런 의미였다.

많은 무인들이 자리를 박차고 일어나 부의민에게 예를 갖췄다.

그리고 그런 그들과 짧은 대화를 나누며 부의민은 계속해서 내부 곳곳을 돌았다.

발바닥이 아려 올 정도로 긴 시간을 그는 계속해서 걸었다.

자신이 힘든 만큼 아군 무인들의 근심들이 사라질 것이라는 확신 때문이다.

세 시진에 가까운 시간을 계속해서 걷기만 하던 부의민은 결국 늦은 밤이 돼서야 자신의 거처로 돌아올 수 있었다.

시간이 늦었지만 아직 저녁 식사도 하지 못한 탓에 배는 무척이나 허기졌다.

주린 배를 움켜쥔 채로 자신의 집무실로 들어선 그가 의자에 걸터앉았다.

부의민은 자리에 앉은 채로 자신의 허벅지를 두드렸다.

"아이고, 삭신이야."

아침부터 이런저런 준비를 점검하느라 바빴고, 그 이후에는 모두를 진정시키기 위해 계속해서 걸었던 탓에 녹초가 되어 버린 그다.

힘들다는 듯 의자에 기대어 앉았던 부의민이 지그시 눈을 감았다.

피곤함이 밀려들었다.

"……피곤하네."

마음 놓고 쉰 적이 언제인지 기억조차 나지 않는다.

군룡회의 회주가 되어 이곳으로 온 이후부터 부의민의 삶은 도전과 고난의 연속이었다.

많은 일들이 있었고, 또 그만큼 많은 걸 배우기도 했다.

부의민은 눈을 감은 채로 주먹을 움켜쥐었다.

혁련휘를 만나기 전까지의 삶이 주마등처럼 스치고 지나간다.

어렸을 때부터 검위영에 몸담았던 그때가. 그리고 그 모든 것에 실망하고 마교를 등진 채 학관으로 내려가 교관으로서의 조용한 삶을 살기까지.

생각해 보면 참으로 우습다.

고작 학관의 교관이었던 자신이 이 년도 채 안 된 지금 변방의 모든 마교 무인들을 움직이는 권력자가 되어 있다는 사실이 말이다.

자기가 생각해도 어이가 없었는지 부의민은 여전히 눈을 감은 채로 실실 웃음을 흘렸다.

믿기지 않을 정도의 성공, 하지만 그런 성공엔 그저 좋은 것만이 있는 건 아니다.

그만큼의 책임감 또한 따라야 한다는 사실을 잘 알기 때문이다.

　부의민은 여전히 아픈 허벅지를 손으로 주무르며 스스로에게 되뇌었다.

　'아직은 쉴 때가 아니지.'

　적어도 이 싸움이 끝날 때까지는 부의민에게 쉴 날은 없을 것이다.

　그렇게 막 스스로의 생각을 다잡고 있던 부의민이 갑자기 뭔가 이상한 걸 느끼고는 슬쩍 실눈을 떴다. 그러고는 이내 주변을 두리번거리기 시작했다.

　갑작스럽게 그가 이상한 행동을 하는 건 코로 스며드는 냄새 때문이었다.

　"킁킁? 이게 뭔 냄새지?"

　처음엔 알 수 없었지만 미약하게나마 냄새를 맡게 되자, 점점 또렷하게 느껴지는 향기가 있었다.

　고개를 갸웃거리던 부의민은 곧 자리를 박차고 일어났다.

　그의 집무실과 안채로 연결된 뒷문을 벌컥 연 부의민은 곧바로 긴 복도를 따라 걸음을 옮겼다. 그리고 점점 자신의 침실에 가까워질수록 그 향기가 더욱 짙어지고 있었다.

　부의민은 눈살을 찌푸렸다.

　'이건…… 고기 냄샌데?'

슬쩍 긴장했던 부의민은 지금 풍겨 오는 냄새가 음식의 것이라는 걸 알자 허탈한 표정을 지어 보였다. 아마도 수하 중 누군가가 이곳에 미리 식사를 준비시켜 두었던 모양이다.

부의민이 투덜거리며 막 안채의 문에 손을 가져다 댔다.

"음식은 언제나 집무실에서 먹는데 왜 여기에……."

말을 하며 문을 반쯤 열던 부의민은 이내 움찔하고는 손을 멈추고야 말았다.

반쯤 열린 문틈으로 드러난 안쪽의 모습.

부의민의 눈동자가 당장이라도 빠질 것처럼 커졌다.

그리고 이내 열린 문틈에서 들려오는 소리까지도.

우적우적.

고기 씹는 소리와 함께 얼굴을 보인 건 커다란 덩치의 달치였다.

부의민은 자신이 보고도 믿기지 않는다는 듯 눈을 몇 번이고 끔뻑였다.

그렇지만 커다란 달치의 모습은 사라지지 않았다.

믿기지 않는다는 듯 슬쩍 더 연 문 너머에서 또 다른 이들의 모습이 보였다.

마주 앉아 있는 두 사람, 비설과 환야였다.

둘 또한 걸신들린 사람처럼 음식을 마구 퍼먹으며 뭐가

좋은지 히죽거리며 웃고 있었다.

그리고 그런 모두의 모습을 따라 천천히 나아간 시선의 끝에는…….

혁련휘, 그가 있었다.

가장 가운데에 앉은 채로 조용히 젓가락을 든 채로 식사를 하고 있는 혁련휘의 모습이 부의민의 눈을 가득 채운 것이다.

생각지도 않은 일행의 모습을 자신의 안채에서 보게 되자 부의민은 여전히 믿기 어렵다는 듯 멍하니 서 있을 뿐이었다.

그때 문 쪽으로 고개를 돌렸던 비설이 입에 물고 있는 만두를 꿀꺽 삼키고는 반갑게 손을 들어 올렸다.

"아저씨!"

"뭐해 인마. 거기 멀뚱멀뚱 서서."

이어지는 환야의 목소리까지 듣고서야 부의민은 자신의 얼굴을 꼬집었다.

"아아아!"

너무 세게 비튼 탓에 부의민은 자신도 모르게 비명을 질렀다.

부의민은 스스로의 얼굴을 어루만졌다.

아픈 걸 보아하니 꿈이 아닌 건 분명했다.

잠시 현실을 직시하지 못한 듯 서 있던 부의민의 표정이 조금씩 밝아지기 시작했다.

돌아온 것이다.

이들 모두가.

부의민은 괜히 열 받는다는 듯 문을 벌컥 열고 안으로 걸어 들어갔다.

"망할 놈들이, 왔으면 연락부터 줬어야지 대체 여기 숨어서 뭐하고 있는 거야?"

"너무 배고파서요. 며칠을 제대로 못 먹었거든요."

비설은 말할 시간도 아깝다는 듯 고개를 들어 헤헤 웃어 보이더니 곧바로 자신의 주먹만 한 만두를 입에 물었다.

그런 그녀를 보며 부의민이 막 무엇인가 더 말을 꺼내려 할 때였다.

상석에서 조용히 식사를 하던 혁련휘가 천천히 입을 열었다.

"부의민."

그 한마디에 부의민이 황급히 혁련휘를 향해 몸을 돌리고 무릎을 꿇어 예를 갖췄다.

"교주님을 뵙습니다."

짧게 말을 건네는 부의민을 향해 혁련휘가 물었다.

"식사는?"

"……아뇨, 아직."

혁련휘의 예상치 못한 질문에 부의민이 말꼬리를 흐릴 때였다.

혁련휘가 한쪽에 있는 빈자리를 손가락으로 가리키며 말했다.

"앉아서 밥 먹어."

"……."

만나게 되면 해야 할 말이 참으로 많았다.

그동안 있었던 일들에 대해서도 듣고 싶었고, 자신이 알아 온 것들 또 해낸 일들에 대해서도 보고해야만 했다.

그런데…….

무엇보다 먼저 앉아서 밥 먹으라는 그 한마디에 부의민은 자신도 모르게 피식 웃음이 흘러나왔다.

왠지 모를 짠한 감동이 밀려 나오는 건 무뚝뚝한 말투 안에서 느껴지는 동료애라는 것 때문일 게다.

서서 실실 웃고만 있는 부의민을 힐끔 올려다본 혁련휘가 다시금 입을 열었다.

"안 먹어?"

"아뇨, 먹습니다. 당연히 먹지요."

부의민은 힘차게 고개를 끄덕이고는 자신의 자리로 가서 앉았다.

그러고는 이내 젓가락을 들기 무섭게 가장 맛있어 보이는 고기 한 점을 잡아채고는 게 눈 감추듯 집어삼켜 버렸다.

그런 부의민의 모습을 옆에서 보고 있던 환야가 걱정스레 물었다.

"……며칠 굶었냐?"

*   *   *

교주가 돌아왔다.

그 사실을 부의민은 날이 밝는 그 순간부로 모두가 알 수 있도록 곧바로 소문을 퍼트렸다.

마음먹고 퍼트린 소문은 날개를 단 것처럼 그들이 기거하는 백옥 지역을 넘어서 인근의 마교 거점들마다 빠르게 퍼져 나갔다.

혁련휘가 건재하게 돌아왔고, 그가 왔으니 뭔가 일이 벌어질 거라는 소문이 순식간에 변방 지역을 뒤덮었다.

지난밤 동안 혁련휘와 부의민은 많은 이야기를 나눴다.

사실 둘 모두가 서로의 상황이 어찌 됐는지 전혀 알지 못하는 상황이었던지라 해야 할 대화들이 많았다.

원래의 계획이라면 흑풍을 통해 상황을 전달받으려 했지

만 그것도 아슬아슬하게 엇나가 버렸다.

흑풍이 마지막까지 머물렀던 그 날보다 삼 일 정도 지난 후에야 부의민은 돌아올 수 있었고, 그 때문에 혁련휘에게 따로 연락을 보낼 수가 없었던 것이다.

부의민은 먼저 자신이 북해빙궁에 가서 있었던 일들에 대해 보고했다.

그것이 가장 중요한 일이었기에 혁련휘를 비롯한 나머지 일행들도 집중한 채로 부의민의 이야기에 집중했다.

그리고 그가 결국 북해빙궁주를 움직였다는 말에 일행들 모두가 자연스레 밝은 표정으로 고개를 끄덕였다.

혁련휘의 계획을 진행하는 데 있어서 가장 중요한 것이 바로 북해빙궁을 움직이는 것이었기 때문이다.

그렇게 북해빙궁과의 이야기를 끝낸 이후 부의민 또한 자하도에서 있었던 일들에 대해 얼추 들을 수 있었다.

혁련휘가 수백 년도 더 전의 사람인 천마를 만났다는 말에 크게 놀랐었고, 비설이 부상을 입었다는 사실에 다시 한 번 자하도라는 곳에서의 일정이 순탄치 않았음을 알 수 있었다.

사실 지금 비설은 그리 좋은 몸 상태가 아니었다.

부상을 당한 지 며칠밖에 되지 않았기 때문이다.

오는 내내 비설의 회복에 중점을 맞추며 움직인 덕분에

그나마 조금 나아지긴 했지만 이렇게 금방 다 나을 정도로 가벼운 부상이 아니었다.

외상은 그나마 좀 나은 편이었으나 내상이 깊어, 한동안 은 더 쉬어야 하는 상태였다.

그랬기에 비설은 계속해서 내상의 치료에 모든 신경을 쏟고 있었다.

곧 있을 마교와의 일전에서 비설 같은 고수의 존재 유무 는 싸움의 승패를 바꿀 수 있을 정도로 거대했기 때문이다.

부상을 치료 중인 비설은 거처에서 운기조식을 하기로 했고, 그런 그녀의 호위로 달치를 붙인 상황.

나머지 세 사람은 모두의 앞에 모습을 보이겠다는 듯이 모습을 드러냈다.

교주 혁련휘가 돌아왔다는 소문이 결코 허튼 것이 아님 을 알려 주기 위함이었다. 그렇게 사람들의 눈이 많은 곳을 시작으로 하여, 거점 곳곳을 돌아다니며 부의민이 준비해 둔 모든 것들을 확인하고서야 혁련휘는 다시금 거처로 돌 아왔다.

그리고 때마침 운기조식을 끝내고 잠시 휴식을 취하고 있던 비설이 돌아온 혁련휘를 반가이 맞았다.

"형님, 오셨어요?"

"몸은 좀 어때?"

"제 걱정 안 하셔도 된다니까요. 아시잖아요. 제가 겉보기엔 이래도 무쇠같이 단단한 거요."

괜찮다는 듯 힘을 준 팔을 보여 주며 웃는 비설을 혁련휘는 가까이에서 말없이 내려다봤다.

그녀가 무척이나 회복력이 뛰어난 무인이라는 건 사실이다.

내상이나 외상 모두 엄청난 속도로 회복되어 가고 있었으니까.

허나 그렇다고 해서 고통스럽지 않을 리가 없다.

비설 또한 인간이니 다쳤으면 아프고 또 치료되는 과정도 힘든 건 당연하다. 그렇지만 비설은 언제나 혁련휘를 걱정시키고 싶지 않은 것처럼 괜찮다고만 말한다.

그런 그녀의 마음을 알기에 혁련휘가 나지막이 말했다.

"나한테는 아프면 아프다고 말해도 돼."

굳이 입 밖으로 꺼내지 않음에도 혁련휘의 걱정스러운 마음이 절절히 다가왔다. 그랬기에 비설은 다시금 웃었다.

"자꾸 그러다가 제가 엄살쟁이가 되면 어쩌려고요."

"……그래도 괜찮아. 아파도 아프지 않다고 말하는 것보다는 훨씬 나으니까."

"치, 왜 그래요. 자꾸 감동스럽게."

비설이 혁련휘의 옆구리를 팔꿈치로 쿡쿡 찌르며 기분

좋은 미소를 흘렸다.

많은 말은 필요치 않았다.

이처럼 무뚝뚝한 사내가 이만한 감정을 내비친다는 것 자체가 자신을 얼마나 생각하는지를 말해 주고 있었으니까.

혁련휘와 비설이 마주 본 채로 대화를 하는 사이 나머지 일행들이 모두 자리에 앉아 둘 쪽으로 시선을 줬다.

그러자 혁련휘 또한 비설과 함께 모두가 있는 탁자 쪽으로 가서 자리에 앉았다.

자리에 앉은 혁련휘의 시선이 부의민에게로 향했다.

"준비를 잘해 뒀더군. 덕분에 준비하는 시간을 크게 단축시킬 수 있을 것 같아. 고생했다."

"감사합니다."

칭찬에 부의민이 히죽 웃었다.

부의민이 거처로 돌아왔다면 곧 있을 싸움에 대비하여 어느 정도 준비를 해 놨을 거라 예상하긴 했지만 그가 해 놓은 건 생각보다 더욱 많았다.

부대 편성만 끝낸다면 당장에 출발해도 될 정도로.

부의민이 물었다.

"병력은 얼마나 움직이실 생각이십니까?"

"……사만 정도."

"사만을 이곳 변방에서 다 빼내신다면 아무리 북해의 도움을 받는다 해도 구멍이 생길 텐데요."

"여기서 다 움직일 생각은 없어. 정확하게 이곳 변방에서는 삼만의 병력을 빼낼 것이고, 나머지 만 명은 중원 곳곳에 퍼져 있는 무인들을 집결시킬 생각이다."

그렇게 되면 변방을 지키는 방어선과, 중원 곳곳을 막아서고 있던 거점들 모두가 구멍이 생기고야 말 것이다.

그렇지만 그 빈 곳을 지켜낼 이들 또한 있다.

변방은 북해빙궁이 도울 것이고, 중원 거점들은 북천회가 나서기로 되어 있다. 그들의 도움을 받아 방어선은 그대로 유지하면서 묶여 있던 마교의 병력들을 본성으로 이동시킨다.

그리고 그곳으로 이끈 사만의 병력으로 본성을 뚫는다.

그것이 혁련휘의 작전이었다.

계획을 전해 들은 부의민이 고개를 끄덕일 때였다. 혁련휘가 말을 이었다.

"시간을 단축한 덕분에 연락들을 서둘러야겠어. 북해빙궁과 북천회에 당장 연락들 넣어 줘. 말이 떨어지기 무섭게 작전 시작할 수 있도록 준비들 끝내 놓으라고."

"알겠습니다."

"네, 형님."

부의민과 비설이 빠르게 대답했다.

그런 둘을 향해 혁련휘가 물었다.

"대충 얼마쯤 걸릴 것 같아?"

"북해빙궁과는 이미 몇 차례 조율을 끝내 났습니다. 아마 나흘 이내에 끝낼 수 있을 겁니다."

"저는 확인은 해 봐야겠지만…… 애초에 북천회는 곳곳에 퍼져 있어서 굳이 이동을 하면서 시간을 잡아먹지는 않을 거예요. 그리고 워낙 비밀스러운 작전이라 수뇌부 극소수만 제하고는 아무도 알지 못해요. 게다가 작전이 펼쳐지기 직전까지도 알리지 않을 생각이고요."

이번 일은 결코 시작하기 전에 외부로 발설돼서는 안 되는 비밀 작전이다.

그랬기에 북천회는 특히나 이번 일에 대해 각 지역에 알리지 않은 상황이다.

혁련휘가 움직이라는 명을 내리기 무섭게 그때야 준비해 둔 서찰을 통해 각 지역의 북천회 소속 병력들이 마교 무인들을 돕게 될 계획이었다.

둘의 대답을 모두 전해 들은 혁련휘가 고개를 끄덕이며 비설에게 되물었다.

"육 일 정도면 충분하겠어?"

"물론이죠."

비설은 고개를 끄덕였다.

이미 북천회 또한 준비는 끝마친 상태다. 그저 이 같은 계획에 대한 연락을 주고받을 시간이 필요한 것뿐이었다.

비설에게까지 대답을 듣자 혁련휘는 곧바로 명령을 내렸다.

"부의민, 나흘 후 이 거점에 있는 무인들은 물론이고 인근에서 움직일 수 있는 이들은 모두 여기로 모이게 해."

"여기로요?"

광범위하게 퍼져 있긴 하지만 주요 거점 중 하나인 이곳 백옥과 인근의 무인들까지 불러 모은다면 그 숫자가 얼추 팔천 이상은 될 터.

그토록 많은 이들을 이 거점으로 불러 모으는 이유가 뭐냐고 묻는 부의민의 시선을 받으며 혁련휘가 자리에서 일어났다.

그러고는 천천히 방 한편에 있는 창가로 다가가 바깥을 바라봤다.

마교에서 도망치듯 쫓겨 온 그 날부터 오늘까지.

벌써 꽤나 오랜 시간이 지났다.

그리고 이젠 그곳으로…… 돌아갈 때가 되었다.

창밖을 바라보며 혁련휘가 천천히 입을 열었다.

"비겁하게 암습을 한 그놈하고 다르게 선전포고라도 해

주려고."

마교로 돌아간다.

＊　　　　＊　　　　＊

나흘의 시간이 흘렀다.

그 기간 동안 모두가 바쁜 일정들을 보냈다. 부의민은 마지막 준비를 위해 적인호와 함께 부대 편성을 비롯한 여러 가지 잡무에 시달렸고 환야는 비파월을 통해 여러 가지 정보들을 규합했다.

혹여 모를 변수들을 제거하기 위함이다.

비설은 거처에서 회복에 전념했다.

그리고 생각보다 빠르게 북천회와도 연락을 주고받았고 혁련휘에게 상황을 알렸다.

북해빙궁과 북천회에게서 날아온 연락.

준비가 끝났다는 것들이었다.

두 세력 또한 이미 모든 준비를 끝마친 상황, 혁련휘도 더는 망설일 이유는 없었다.

혁련휘는 방 안에 앉아 눈을 감고 있었다.

그는 길게 숨을 들이쉬었다 내뱉기를 반복하며 마음을 진정시켰다.

오늘 혁련휘는 이곳 거점으로 모여든 수천 명의 마교 무인들 앞에서 신도율을 향한 선전포고를 할 것이다.

그리고 그로 인해 변방과 중원 곳곳을 지키던 삼만이 넘는 마교의 무인들은 본성으로 진격하게 된다.

수만 명에 달하는 이들의 목숨이 걸린 결정.

그랬기에 다시 한 번 머리를 차갑게 식히며 스스로의 마음을 다잡았다.

큰 싸움이 될 것이다.

신도율의 병력도 적잖이 있고, 마교에 남아 있던 이들 중 대부분이 그를 따를 테니까.

하지만 결국 신도율만 제거한다면 결국 그들은 다시금 돌아서게 될 수밖에 없다.

어쩔 수 없이 신도율을 따르는 마교의 무인들에게 충성심은 없을 테니까.

최소한의 피해를 내기 위해서는 빠르게 신도율을 제거하는 것이 최선이다.

'놈은 강해.'

직접 상대해 봤던 신도율은 자신보다 강했다.

그렇지만 그걸 알기에 혁련휘는 자하도로 돌아갔고, 천마를 만나 마지막 무공까지 전수받았다.

진아수라를 익혀 훨씬 강해지긴 했지만 상대가 신도율이

다 보니 긴장하지 않을 수 없었다.

그는 자신보다 훨씬 오랜 기간 아수라를 갈고닦은 자니까.

제아무리 보다 높은 경지의 무공이라 할지라도, 무조건 강한 건 아니다.

오히려 그보다 모자란 무공일지라도 더욱 깊게 익힌다면 훨씬 더 강한 위력을 뿜어낼 수도 있는 것이 무공이라는 것이었으니까.

혁련휘는 스스로에게 되뇌었다.

'……이번엔 지지 않아.'

패배, 그리고 그 대가는 너무도 뼈아프지 않았던가.

이제 다시는 그런 고통을 겪고 싶은 생각이 없었다.

그리고 그러기 위해서 혁련휘는 반드시 이겨야만 했다.

생각이 거기까지 이어졌을 무렵 닫혀 있던 문이 열렸다.

끼이익.

혁련휘가 감고 있는 눈을 천천히 뜨자, 환야의 모습이 들어왔다.

그는 양손을 공손히 내밀었다.

"대장, 준비되었습니다."

환야가 내민 건 다름 아닌 검은 옷이었다.

혁련휘는 그 옷을 손으로 잡은 채로 천천히 허공에서 펼쳤다.

그러자 검은 옷에 새겨진 황금색 용이 찬란한 모습을 사방으로 뿜어 대기 시작했다.

환야가 가지고 온 의복, 그건 다름 아닌 흑룡포였다. 새로이 제작한 흑룡포 또한 예전의 것처럼 고급스러운 느낌을 풍겼다.

혁련휘가 무표정한 얼굴로 상의를 벗어젖혔다.

그러고는 곧바로 흑룡포를 입기 시작했다.

오로지 마교의 교주와, 직계 혈통만이 입을 수 있는 특별한 의복인 흑룡포. 그 흑룡포는 마교 무인들에게는 큰 상징성이 있는 물건이다.

그랬기에 혁련휘는 오늘을 위해 특별히 흑룡포 제작을 주문했고, 다행히 기일 안에 맞춰서 건네받을 수 있었다.

흑룡포를 입은 그가 천천히 걸음을 옮겨 나왔고, 그곳에는 다른 일행들이 기다리고 있었다.

혁련휘의 모습을 보며 여인의 복색으로 돌아가 있는 비설이 힘차게 말했다.

"황금색 용이 오늘 다시 주인을 찾았네요."

"그러게 말이다."

비설의 말에 동의한다는 듯 고개를 끄덕이며 부의민이 답했다.

마찬가지로 아래에서 대기하고 있던 적인호가 감개무량한 표정으로 혁련휘를 올려다보다 이내 퍼뜩 정신을 차리고 말을 이었다.

"교주님, 모두가 모였다고 합니다."

"가지."

혁련휘는 그 짧은 말만 던진 채로 먼저 걸음을 옮겼다.

그리고 그런 그의 뒤를 다른 이들이 쫓았지만 유독 한 사람 비설만큼은 제자리에 서 있었다.

먼저 움직이기 시작했던 혁련휘가 비설을 슬쩍 바라봤다.

그녀는 말없이 고개를 끄덕였다.

뭔가 알 수 없는 눈빛을 주고받은 이후 혁련휘는 자신이 가야 할 곳을 향해 걸어 나갔다.

이곳 백옥은 물론이거니와 인근 지역을 지키고 있던 무인들이 모두 모여 있는 커다란 공터로.

부의민의 예상대로 이곳에 집결한 마교 무인들의 숫자는 팔천이 훌쩍 넘어서 있었다.

그들이 모여 있는 공터는 제법 소란스러웠다.

그런 그들이 있는 공터의 인근까지 도착했을 무렵 혁련휘가 천천히 발걸음에 힘을 실기 시작했다. 그러고는 이내 그 많은 이들의 뒤편에서 모습을 드러내기 무섭게 땅을 박차고 날아올랐다.

파라라락!

새카만 흑룡포가 어지럽게 흩날렸고, 동시에 옷에 새겨진 황금색 용은 그 자태를 사방으로 뽐냈다.

순식간에 모두의 머리 위로 뛰어올라 수십 장의 거리를 날듯이 이동한 혁련휘가 가볍게 단상에 착지했다.

혁련휘가 굳이 이토록 화려한 방식으로 모습을 드러낸 건 다 이유가 있어서였다.

우선은 화려한 등장으로 자신에게 모든 신경을 단번에 집중시키기 위해서였고, 그다음으로는 실종됐다고 알려진 교주의 건재함을 모두의 앞에서 여실히 드러내기 위함이었다.

그리고 그런 혁련휘의 계산은 어느 정도 맞아 떨어진 모양새였다.

수십 장의 거리를 그저 도약 한 번으로 날아올라 착지하는 혁련휘의 모습에 떠들썩하던 공터는 침묵에 휩싸였다.

이곳 변방까지 출정을 온 무인들 모두가 마교에서도 어느 정도 이상의 실력을 지닌 이들.

지금 혁련휘의 움직임이 어떠한 의미를 지니는지 모를 리가 없었다. 그들의 시선에 자연스레 경외심이 차오르기 시작했다.

더군다나 변방에 있는 무인들은 혁련휘의 교주 취임식을

접하지 못한 이들이 대부분이다.

그 때문에 혁련휘가 이렇게 공식적으로 교주의 입장에서 앞으로 나선 건 이들에게 처음 보는 상황이었다.

혁련휘의 시선이 아래에 길게 줄 서 있는 팔천 명이 넘는 마교의 정예병들에게로 향했다.

차가운 시선. 그렇지만 그 안에서 꿈틀거리는 강렬한 기운이 느껴지는 눈동자.

흡사 얼음과 불을 동시에 품고 있는 듯한 그 눈동자를 가까운 거리에서 바라보고 있던 각 지역의 대주들의 얼굴이 자연스레 굳어졌다.

실제로 혁련휘를 처음 대면하는 자들도 있었는데, 그들의 머릿속에서는 마치 약속이라도 한 것처럼 한 사내의 모습이 떠올랐다.

혁무조. 전대 교주였던 바로 그다.

그의 눈동자를 빼다 박은 혁련휘를 보며 그들은 숙연한 표정으로 고개를 숙였다.

좌중을 말없이 스윽 둘러본 혁련휘가 천천히 입을 열었다.

"목숨을 걸고 변방을 지키는 마교의 무인들이여. 모두의 노고가 많구나."

그리 크게 말을 하고 있는 것도 아님에도 불구하고 심후

한 내력 덕분에 혁련휘의 목소리는 모두의 귓가로 쩌렁쩌렁 밀려들었다.

다시금 자신들의 젊은 교주가 어떠한 능력이 있는지를 실감하며 모두가 그에게 집중하고 있을 때, 혁련휘가 말을 이어 나갔다.

"한동안 내가 모습을 보이지 않아 이상한 소문이 났다더군. 심지어는 도망쳤다는 말까지도 있던데…… 그게 말이 될 리가 없지 않느냐."

잠시 말을 끊어 모두를 집중시킨 채로 혁련휘가 목소리에 힘을 주며 소리쳤다.

"마교의 교주가 대치하고 있는 적이 두려워서 도망친 적이 있던가!"

"없습니다!"

버럭 소리치는 혁련휘의 물음에 대기하고 있던 팔천여 명의 무인들 또한 큰 목소리로 화답했다.

그리고 그런 그들의 대답에 기다렸다는 듯 혁련휘가 단상의 앞쪽으로 걸어 나왔다.

혁련휘의 흑룡포가 바람에 감싸여 미친 듯이 펄럭거렸다.

그가 천천히 입을 열었다.

"내가 오늘 각지에 퍼져 있는 모두를 불러 모은 건 하나의 사안을 전달하기 위해서다."

이곳에 많은 이들을 모은 이유는 다름 아닌 이 한마디를 전하기 위함이었다.

혁련휘가 길게 숨을 들이마셨다가 내뱉고는 입을 열었다.

"우리는 이틀 후 바로 이 시각…… 집으로 돌아간다."

혁련휘의 그 한마디가 던져지는 순간 집중하고 이야기를 듣고 있던 마교 무인들의 눈동자가 흔들렸다. 마치 지금 자신이 들은 말이 사실이냐는 듯이 옆 사람의 얼굴까지 확인하기 시작했다.

이내 그들 중 한 명의 입에서 자그마한 탄성이 터져 나왔다.

"우와!"

그리고 그 자그마한 탄성은 이내 신호탄이 되고야 말았다.

팔천여 명에 달하는 무인들의 입에서 쏟아져 나오는 환호성이 공터를 집어삼켰으니까.

"와와와와!"

신이 난다는 듯 병장기를 높게 치켜든 마교의 무인들의 환호성이 길게 이어졌다.

그들의 환호성은 끝나지 않고 점점 우렁차게 퍼져 나갔다.

마치 몇 달 동안 품었던 두려움을 떨쳐 내기라도 하려는 듯이.

그런 그들의 커다란 환호성 속에서 혁련휘의 이어지는 외침이 똑똑하게 그들의 귀와, 가슴에 틀어박혔다.

"우리는 돌아갈 것이다! 그리고 그곳에서 비겁한 수로마교를 장악하고 있는 반역자를 처단한다!"

"우와와!"

재차 이어진 말에도 계속해서 쏟아지는 환호성.

마침내 집으로 돌아간다는 듯이 좋아하는 이들의 얼굴을 오랫동안 바라보던 혁련휘가 이내 단상 아래로 내려오며 그쪽으로 다가와 대기하고 있던 적인호와 대주들을 향해 명령을 내렸다.

"지금 즉시 대주급 이상의 무인들 모두 모이라고 해. 긴급회의에 들어간다."

혁련휘의 그 말에 적인호가 고개를 끄덕이며 대답했다.

"예, 교주님."

2장. 거점
— 살려서 데려간다

대주급 이상이 모인 회의.

　대주급 이상이라고 해도 워낙 많은 무인들이 출정 된 상
황이기에 당연히 그들의 숫자 또한 제법 됐다.

　스무 명에 달하는 대주들은 뒤늦게 들어선 혁련휘를 향
해 포권을 취하며 소리쳤다.

　"교주님을 뵙습니다."

　"됐어."

　짧은 말과 함께 자리에 앉은 혁련휘의 뒤편으로 환야와
달치가 서 있었고, 부의민은 군룡회의 회주로 자신의 위치
에 가서 섰다.

혁련휘가 자신을 바라보는 대주들을 바라보며 자신이 그들을 모은 이유에 대해 말했다.

"내가 모두를 모이라고 한 건 이틀 후 있을 출정에 대해 몇 가지 것들을 알려 주기 위해서다."

혁련휘가 잠시 입을 닫자 대주들은 가만히 그의 다음 말을 기다렸다. 그리고 그런 그들을 향해 혁련휘가 말을 이었다.

"우리는 변방에 있는 이만의 병력으로 마교를 칠 생각이다."

혁련휘의 한마디.

그런데 뭔가 이상했다.

분명 나흘 전 이곳 거점으로 돌아와 부의민과 만났던 직후에 혁련휘가 그에게 말했던 병력의 숫자는 이만이 아닌 사만에 육박했다.

무려 절반 정도나 줄여서 말한 혁련휘.

그런 혁련휘의 실수에도 부의민은 전혀 동요하지 않고 있었다.

오히려 부의민은 조용했고, 이만의 병력을 움직인다는 말에 모여 있던 다른 대주들이 술렁였다. 그들 중 한 명이 조심스레 입을 열었다.

"하오나 교주님 이만의 병력이 이곳에서 빠진다면 새외

세력들은 기회로 여기고 더욱 강하게 밀어붙일 겁니다."

"걱정할 필요 없어. 그 빈자리를 채울 이들을 구해 놨으니까."

혁련휘의 그 한마디에 모두가 놀란 듯 눈을 치켜떴다.

수백도 아닌 이만에 달하는 숫자를 채울 이들을 구해 놨다는 말은 그만큼 충격적이었다.

모두가 침묵하고 있는 그 틈에 혁련휘가 말을 이었다.

"다들 얼마 전에 부대들을 재편성에 들어간 걸 알고 있을 거다. 마교로 가기 위해 그같이 다시금 편성했고, 이곳에 남을 부대와 마교로 갈 이들을 따로 정리했으니 보고 확인하도록 해."

말이 끝나자 부의민이 재빠르게 자리에서 일어나 모두에게 서찰을 한 장씩 돌렸다.

서찰 안에는 남을 부대와, 출정할 부대가 따로 나뉘어져 있었다.

혁련휘는 서찰을 모두가 확인하는 걸 확인하고 말을 이었다.

"혼동 없도록 맞춰서 준비들 하고. 따로 이야기할 게 있으니 군룡회 회주와, 적 가주를 빼고는 물러들 가도록."

혁련휘의 명에 이곳에 모였던 대주들이 자리에서 벌떡 일어났다.

간단한 서찰이긴 했지만 이곳에 남고, 떠나고에 따라 일정이 완전히 바뀌니 준비해야 할 것이 많았다.

서둘러 거처를 빠져나가 사라지는 그들을 말없이 바라보던 혁련휘의 눈동자는 이상할 정도로 차가웠다.

모두가 사라진 이후에야 환야가 천천히 입을 열었다.

"통했을까요?"

"……두고 봐야겠지."

마교를 향해 출정할 인원도 속이고, 그들이 사라진 이후 알 수 없는 대화까지 나누는 혁련휘.

하나 분명한 건…… 뭔가 생각이 있어 보인다는 거였다.

*　　　*　　　*

거처에서 나온 대주들은 각자의 부대를 향해 돌아갔다.

그렇지만 단 한 명, 백귀파천대(百鬼破天隊)를 이끄는 곽자흥(郭子興)만은 달랐다.

혁련휘가 전쟁을 대비하기 위해 물자를 정비하고 있다는 사실까지 전해 들은 직후에 빠르게 움직이기 시작한 것이다.

수하 하나만 대동한 채로 곽자흥은 백옥 지역을 벗어나기 무섭게 방향을 틀었다.

그가 향한 곳은 다름 아닌 숲 속에 위치한 자그마한 초가 집이었다.

허름해서 당장에 무너져도 이상할 것 없어 보이는 거처.

그렇지만 그 거처의 뒤편에는 커다란 나무 막대가 자리 했고, 그 위에는 전서구 한 마리가 준비되어져 있었다.

전서구에게 다가간 곽자홍은 곧바로 준비해 두었던 서찰 을 꺼내 다리에 묶었다.

그러고는 곧바로 묶고 있던 줄을 풀어 하늘로 날아 올렸 다.

푸드득.

전서구가 곧바로 날아올랐고, 순식간에 눈에 보이지 않 을 정도로 멀어졌다.

막 하늘로 날아오른 전서구가 향하는 곳.

그곳은 다름 아닌 마교였다.

그리고 곽자홍은 신도율 쪽이 변방에 심어 둔 간자이기 도 했다. 그는 이곳에 숨어 계속해서 변방에서의 상황을 신 도율에게 보고해 온 인물이다.

따로 개인 정보 집단을 운영하고 그들을 이용해 변방 곳 곳의 정보를 캐 모은다.

그리고 지금처럼 급작스러운 일을 알아내는 족족 마교 쪽으로 알리는 게 그의 임무였다.

신도율에게 날린 서찰의 내용은 오늘 있었던 일들에 관해서였다.

혁련휘가 마침내 선전포고를 했고, 이틀 후 이곳을 떠난다는 것과 이만의 병력이 움직일 거라는 것. 그리고 누군지 모를 자들이 그 빈자리를 메울 예정이라는 사실도 알렸다.

전서구가 사라진 방향을 계속해서 바라보던 곽자흥은 입맛을 다셨다.

다른 건 다 좋았지만 하나 못내 아쉬운 부분이 있다.

바로 빈자리를 채울 그 모종의 세력에 관해서다.

그것까지 알아냈다면 좋았을 터인데 혁련휘는 그들이 누구인지 섣불리 발설하지 않았다.

아마도 혁련휘의 최측근 몇 명만이 아는 모양새였다.

곽자흥이 아쉽다는 듯 옆에 있는 수하에게 물었다.

"혹시 우리 쪽 정보에 뭐 걸린 건 없어? 혁련휘와 비밀리에 따로 만났던 자가 있다거나 이런 거."

"한동안 행방이 완전히 묘연했던지라 도통 뭐가 걸리는 게 없습니다."

"망할, 대체 땅으로 꺼졌나 하늘로 솟았나. 그 시간 동안 대체 어디에 있었던 거야?"

자하도에 들어갔었던 기간 동안 묘연해졌던 혁련휘의 행방 때문에 곽자흥은 속이 탔다.

그때 누군가를 만났던 것이 분명하다 확신했기 때문이다.

혁련휘를 돕기로 한 것이 과연 누굴까?

이만에 달하는 병력을 메워 줄 정도라면 단일 세력은 아닌 것 같다는 생각도 들었다. 몇 개의 사파들이 배신을 하고 돌아서기로 한 걸까?

아니면 따로 준비해 둔 비밀스러운 세력이 있었던 건 아닐까?

생각이 꼬리에 꼬리를 물었지만 아무런 단서도 없는 지금 뭔가를 알아차릴 방도가 없었다.

짧은 한숨을 내쉬던 곽자홍.

그러던 그의 눈동자가 일순간 번뜩였다.

그러고는 곧바로 재빠르게 손바닥을 휘둘렀다.

쩌엉!

공기가 밀려 나가는 것과 동시에 장력이 어딘가를 향해 날아들었다.

"윽!"

쿠웅.

순간 들려온 단말마의 비명 소리. 동시에 누군가가 쓰러지는 소리까지 들려왔다.

놀란 수하가 곽자홍을 바라볼 때였다.

곽자흥이 다급히 그쪽으로 움직이며 소리쳤다.

"뭐해! 따라와!"

고함과 함께 날아오른 곽자흥은 곧바로 나무와 길게 자란 풀들로 가려져 있는 사각지대에 들어섰다. 그리고 그곳에는 방금 전 곽자흥의 일격에 당한 누군가가 쓰러져 있었다.

그건…….

상대를 확인한 곽자흥과 그의 수하의 표정이 굳어졌다.

너무도 아름다운 여인이 풀들 사이에 쓰러져 있었다.

여인의 얼굴을 본 순간 두 사람은 서로에게 시선을 돌렸다.

어찌 이 여인을 모를 수 있을까.

혁련휘의 여자, 마후의 자리에 오를 뻔했던 여인 비설이 그곳에 혼절해 있었다.

"이 계집은…… 비설 아닙니까?"

"……맞아."

대답을 하는 곽자흥의 얼굴을 착잡했다.

혁련휘의 최측근인 그녀가 왜 이곳에 있단 말인가. 바보가 아니고서야 이게 우연이라 여길 순 없었다.

곽자흥이 입술을 꽉 깨문 채로 나지막이 중얼거렸다.

"아무래도 내 정체가 들킨 것 같군."

"정체가요?"

"확신은 못 했겠지. 아마 내가 미심쩍다고 생각했고, 그래서 몰래 사람을 붙였던 게 분명해."

말을 하며 곽자홍은 쓰러져 있는 비설을 내려다봤다.

혁련휘에게 의심을 받게 됐다는 사실은 분명 좋지 않았다.

그렇지만…… 이미 여기까지 온 이상 더는 정체를 숨길 이유가 없었다.

이제 혁련휘가 스스로 마교로 쳐들어가니, 이 이후는 신도율이 해결할 것이다.

그 말은 곧 자신이 더는 변방에 있는 마교의 부대에 숨어 간자 짓을 할 이유가 없다는 소리였다.

애초부터 혁련휘가 병력을 끌고 나가는 순간 이곳을 뜨려고 했던 곽자홍이다. 어차피 신도율에게 돌아가려고 했던 상황, 기껏해야 그 기한을 며칠 정도 앞당긴 것에 불과했다.

생각이 거기까지 미치자 곽자홍의 입가엔 오히려 미소가 걸렸다.

쓰러져 있는 비설을 보니 웃음이 밀려온다.

그가 비웃음과 함께 나지막이 말했다.

"큭큭, 그런데 이걸 어쩌나. 그대가 날 너무 얕봤군. 고작 이런 계집 하나를 나한테 붙이다니."

비설의 실력을 안다면 그런 말을 꺼내지 못했겠지만 그는 아쉽게도 그녀가 어떤 인물인지 파악하지 못한 상황이었다.

신도율 패거리들은 비설의 실력을 너무도 잘 알았다.

허나 그녀에 대한 이야기가 곽자흥에게까지는 알려지지 않았던 것이다.

신도율의 아래에 있는 몇몇 이들을 제하고는 그 누구도 비설이 실력자라는 사실을 알지 못했다.

대외적으로 비설은 그저 혁련휘의 옆에 있는 정파의 여인이자, 환영학관에서부터 함께한 젊은 무인으로만 알려져 있었으니까.

만약 곽자흥이 비설의 실력을 알았다면 지금 기절한 척 연기를 하고 있는 그녀의 상태를 조금이나마 의심할 수 있었겠지만 아무것도 모르는 지금의 상황에서는 그저 비웃음만 흘릴 수밖에 없었다.

수하가 조심스레 물었다.

"어쩌실 계획이십니까?"

"어쩌긴. 어차피 뜨려고 했던 계획 며칠 정도 앞당기면 그만 아니더냐. 혁련휘 그자가 어리석게 간을 보다가 날 죽일 기회를 제 발로 놓쳤구나. 하여튼 한심한 자식."

곽자홍의 말에 수하 또한 그저 묵묵히 고개를 끄덕였다.

그의 말대로 며칠 정도 먼저 움직인다 해서 아무런 문제가 없었기 때문이다.

수하의 시선이 자연스럽게 바닥에 쓰러져 있는 비설에게로 향했다.

그가 비수를 꺼내어 들며 말했다.

"저희의 모습을 훔쳐봤을 겁니다. 살려 뒀다가 이곳에서 있었던 일에 대해 알려지면 곤란하니 이곳에서 바로 죽이지요."

죽이자는 수하의 말에 곽자홍은 잠시 생각에 잠겼다. 원래대로라면 망설일 것도 없이 죽여도 이상할 게 없었지만 뭔가 번개처럼 떠오른 생각이 있었다.

그걸 떠올린 곽자홍은 더욱 유쾌한 표정을 지은 채로 고개를 저었다.

"……아니, 살려서 데리고 간다."

"죽이지 않으시고요?"

"이 계집은 혁련휘의 최측근이 아니더냐. 그 말은 곧 이번에 혁련휘가 말한 그 도움을 주는 놈들이 누구인지를 알아낼 수도 있다는 소리지."

곽자홍의 말에 수하는 눈을 크게 치켜뜬 채로 고개를 끄덕였다.

그리고 비설을 내려다보는 그가 계속해서 비웃음을 흘리며 말했다.

"멍청한 놈. 도망칠 기회를 주는 걸로 모자라 모든 비밀을 알고 있는 연약한 계집을 나에게 주다니……."

허리를 굽힌 곽자홍은 기분 좋은 얼굴로 비설의 어깨를 어루만졌다.

사내라면 실로 욕심이 날 수밖에 없는 여인.

절로 군침이 돌았지만 지금은 그보다 먼저 해야 할 게 있었다.

혹시 모를 상황에 대비하기 위해 곽자홍은 빠르게 비설의 혈도를 점혈했다.

내공을 쓰지 못하게 만든 그가 곧바로 수하에게 명령을 내렸다.

"거점으로 가지. 업고 따라오도록."

"알겠습니다."

말을 마친 곽자홍이 먼저 움직였고, 곧바로 수하는 비설을 둘러업고 경공술을 펼치기 시작했다.

그리고 그 순간 여태까지 굳게 눈을 감고 있던 비설의 눈이 슬그머니 떠졌다.

그녀의 시선이 향하는 곳은 멀리 떨어져 있는 한 그루의 나무였다.

그리고 그 나무의 가지에 앉아 있는 한 마리의 매가 천천히 날갯짓을 시작하는 모습이 눈에 들어왔다.

흑풍이 하늘을 향해 날아오르고 있었다.

아직 내상이 완전히 회복되진 않았지만 비설 같은 실력자가 곽자흥의 일격에 당했을 리가 없다.

그 말은 지금 진행되는 이 납치가 모두 계획하에 이루어지고 있다는 소리였다.

오래전 학관에 머물던 시절 흑거미의 본거지를 캐냈던 작전. 그 작전을 지금 그대로 벌이고 있는 것이었다.

혁련휘 일행 중 유일하게 만만하다 여겨지는 비설이 인질이 되어 놈들의 비밀 거점을 파악해 낸다. 그리고 그런 그녀에게는 흑거미 본거지 잠입 때도 쓰였던 산천추혼향 또한 쓰였다.

훈련된 이들만 맡을 수 있는 산천추혼향이 일차적으로 비설에게, 이차적으로 먼 거리에 있는 사물을 확인할 수 있는 흑풍에게도 발라져 있다.

지금 당장 근처에 없는 혁련휘가 그 냄새를 따라 움직일 수 있다는 말이기도 했다.

잠시 눈을 떠서 흑풍을 확인했던 그녀가 다시금 천천히 눈을 감았다.

거점은 전서구를 날렸던 곳에서 한 시진 정도 떨어진 곳에 위치해 있었다. 그곳은 조그마한 장원처럼 보였지만, 사실 지하에는 곽자홍의 정보 집단이 움직이는 비밀 거점이었다.

곽자홍은 혼절한 비설을 데리고 아무런 의심도 없이 그 비밀 거점에 들어섰다.

물론 곽자홍의 거처는 이곳 하나가 아니었다.

무려 열세 개에 달하는 거점들을 준비해 둔 그다.

그렇지만 그 모두가 눈속임이고, 진짜 중요한 곳은 바로 여기 하나뿐이다.

혹시라도 자신이 비밀리에 운영하는 정보 집단의 존재가 드러난다 해도 어디에 있는지 알아차리지 못하게 하기 위함이다.

판단 착오로 다른 곳을 건드린다면 도망치거나 증거를 인멸할 기회를 만들어 낼 수 있었으니까.

거점에 있는 감옥 안으로 비설을 끌고 들어간 곽자홍은 곧바로 하늘에 매달려 있는 쇠사슬에 그녀의 손목을 묶었다.

그녀가 축 처져서 간신히 쇠사슬에 몸을 의지하고 있을 때 곽자홍이 손바닥으로 뺨을 툭툭 건드렸다.

"언제까지 자고 있을 생각이더냐."

혼절한 척하고 있던 비설은 그런 그의 손길에 움찔하는 듯하더니 이내 힘겹게 눈을 떴다.

그녀의 입술 사이로 자그마한 신음 소리가 흘러나왔다.

"으윽."

고통스러워 보이는 비설의 신음 소리에 곽자흥은 왠지 모르게 흥이 돋았다.

교주의 여인, 그런 여인이 자신의 손에 들어왔다.

왠지 모를 우월감이 치밀어 올랐다.

그가 거칠게 쇠사슬을 움켜잡아 흔들며 그녀를 자신의 코앞까지 오게 잡아당겼다.

곽자흥의 흥분된 숨소리가 비설의 얼굴에 와 닿았다.

"망할 계집, 더럽게 예쁘구나. 그 반반한 얼굴로 혁련휘 그놈을 꼬셨던 게로군."

"……."

비설은 자신을 희롱하는 곽자흥을 가만히 바라봤다.

혈도가 점혈당한 상태, 그렇지만 사실 이 정도 점혈을 푸는 건 비설에겐 일도 아니었다.

고개를 들이민 곽자흥이 거친 숨소리와 함께 말을 걸었다.

"하나 묻고 싶은 게 있는데 대답 잘해야 할 게야. 그 대답으로 인해 네가 죽을지 살지 정해질 수도 있을 테니까.

비어 버린 마교의 병력을 대신할 놈들. 그놈들이 누구인지 네년은 알고 있지?"

곽자흥의 질문.

그렇지만 비설이 오히려 물었다.

"여기가 당신의 비밀 거점인가 보죠?"

물어 오는 그녀의 모습에 곽자흥은 기가 차다는 듯 쇠사슬에 묶여 있는 팔목을 더욱 강하게 움켜쥐며 대꾸했다.

"맞아. 그걸 알아서 이제 어쩔 건데?"

말을 끝낸 그가 쥐고 있는 팔목을 더욱 강하게 비틀기 시작하며 말을 이었다.

"쓸데없는 개소리 지껄이지 말고 아는 거나 말해. 이 고운 팔을 아예 아작 내 버리기 전에. 대체 혁련휘를 돕기로 한 놈이……."

곽자흥의 말이 채 끝나기도 전에 감옥으로 들어서는 문이 터져 나갔다.

쾅!

산산조각이 나며 사방으로 퍼져 오른 먼지들.

그리고 그 먼지들 사이에서 한 사내가 앞으로 다가오고 있었다.

황급히 소매를 들어 올려 얼굴을 가렸던 곽자흥의 시선에 다가오는 사내의 모습이 들어왔다. 그리고 상대의 정체를 확인하는 순간 곽자흥의 얼굴은 사색이 되어 버렸다.

혁련휘, 그가 자신 앞에 모습을 드러낸 것이다.

놀란 곽자흥을 바라보는 혁련휘의 눈동자가 번뜩였다. 비설의 손목을 비틀 듯이 쥐고 있는 그를 향해 혁련휘가 차갑게 말했다.

"그 손 놔, 당장 죽여 버리기 전에."

터져 나오는 혁련휘의 분노가 온몸의 털을 곤두서게 만드는 순간.

곽자흥에게 팔목이 비틀리고 있던 비설이 반갑게 그를 맞았다.

"형님! 오셨어요?"

웃으며 말하는 비설의 행동에 곽자흥은 직감적으로 지금 이 모든 상황이 함정이라는 걸 알아차렸다. 애초에 혁련휘는 자신만을 노린 게 아니었다.

이곳 비밀 거점까지 찾아내 뿌리째 뽑아내기 위해 이 같은 계획을 짠 게 분명했다.

그리고 자신은 그런 혁련휘의 계획에 우습게도 속아 넘어가 버린 것이고.

방금 전까지만 해도 혁련휘를 비웃고 있던 자신의 모습이 생각났는지 그는 얼굴이 붉게 물들었다.

혁련휘가 나타난 상황, 그의 실력을 알기에 곽자흥은 싸

울 생각조차 하지 못했다. 그렇지만 그는 애써 침착함을 유
지했다.

자신의 손에는 아직 하나의 패가 있다 여겼으니까.

곽자흥은 보다 강하게 비설의 손목을 움켜쥐었다.

그가 말했다.

"다가오면 당신의 여자는 죽을 것이오, 교주."

"……과연 그게 가능할까?"

혁련휘가 천천히 파멸혼에 자신의 손을 얹었다. 그런 모
습에서 무언의 압력이 밀려들었지만 곽자흥은 바짝바짝 마
르는 입술에 침을 바르며 힘겹게 말을 받았다.

"당신이 나보다 훨씬 뛰어난 고수라는 건 알고 있소. 그
렇지만 당신의 도가 나에게 날아오는 것과 내 손이 이 여인
의 가슴을 뚫는 것 중에 뭐가 먼저가 될 것 같소?"

거리가 제법 있기에 나름 자신 있게 꺼낸 경고.

그 순간 혁련휘의 대답이 돌아왔다.

"내 도가 빨라."

"……미친. 진심으로 하는 말이오?"

"물론."

"원한다면 뭐가 더 빠를지 한번 겨루어 보시오."

혁련휘의 대답에 은근히 기가 눌리긴 했지만 여기서 물
러난다면 퇴로는 없다.

그랬기에 보다 강하게 나서기 위해 곽자흥이 오히려 도발하듯 나섰다.

그런 자신의 방법이 먹혀서일까?

파멸혼에 올렸던 혁련휘의 손이 천천히 아래로 내려갔다.

그리고 그 모습을 본 곽자흥은 속으로 안도의 한숨을 내쉬었다.

'통했다.'

그렇다면 이곳에서부터 비설을 인질로 삼아 자신이 빠져나갈 시간을 벌어야 했다.

생각을 정리한 그가 빠르게 말했다.

"비키시오. 날 따라온다면 이 여인은 죽을 것이고, 안전한 곳까지 갔다 생각한다면 내 반드시 풀어 주리다."

"……."

자신의 말에 혁련휘는 그저 말없이 자신을 멀뚱멀뚱 바라만 보고 있었다. 그런데 뭔가 그 시선이 이상하다.

그녀를 끌고 가겠다 말하고 있는데 얼굴에서는 일말의 분노조차 느껴지지 않았으니까.

화가 나서 소리를 쳐도 이상하지 않을 상황인데 지금 저 표정은 대체 뭐란 말인가.

이해가 가지 않는 얼굴로 혁련휘를 바라보던 그때.

투두둑.

갑자기 들려온 소리에 고개를 돌린 찰나였다.

천장에 강하게 고정되었던 쇠사슬이 뽑혀져 나와 바닥으로 떨어져 있었다. 그리고 자신이 손목을 잡고 있던 비설은…….

'어떻게……!'

잡힌 손을 제외한 다른 손은 이미 쇠사슬을 끊고 자유롭게 되어 있는 상태였다.

그녀는 그런 상태로 가만히 서서 자신을 바라만 보고 있었던 것이다.

거리는 지척.

혈도를 점혈당한 비설이 어떻게 쇠사슬을 끊었는지, 그녀에 대해 모르는 곽자흥으로서는 이해할 수 없었지만 지금은 그걸 생각할 시간이 존재하지 않았다.

직감적으로 곽자흥은 비설을 향해 손을 휘둘렀다.

쒜엑!

제압하기 위한 일장, 그렇지만 그런 그의 공격을 비설은 어렵지 않게 피해 냄과 동시에 오히려 잡혀 있는 팔목에 힘을 불어 넣어 자신 쪽으로 당겼다.

그러자 곽자흥의 몸은 균형을 잃고 비설 쪽으로 빨려 들었고, 그 틈으로 그녀의 주먹이 파고들었다.

뻐엉!

주먹 하나 간신히 들어갈 정도의 조그마한 공간.

그곳에서 폭발하듯 터져 나온 힘에 곽자흥의 몸이 허공
으로 치솟아 천장에 틀어박혔다가 바닥으로 떨어졌다.

그는 게거품을 문 채로 바닥에서 부들거렸고, 비설은 나
머지 한쪽의 쇠사슬도 아무렇지 않게 손으로 잡아서 끊어
냈다.

투둑.

바닥으로 쇠사슬을 던진 그녀는 방금 전까지 곽자흥에게
꽉 잡혀 있던 손목을 어루만졌다.

그러고는 이내 바닥에 쓰러진 그를 껑충 뛰어넘어 혁련
휘에게 다가갔다.

"형님."

"……안 다쳤어?"

"다치긴요. 억지로 당해 주느라 오히려 힘들었는데요
뭘."

혼절한 연기를 하기 위해 일부러 장법을 맞아 주긴 했지
만 이미 호신강기까지 완벽하게 둘렀던 상황.

제대로 된 타격을 받았을 리 만무했다.

비설은 자신이 본 것들에 대해 곧바로 혁련휘에게 이야
기했다.

"저자가 바로 마교 쪽으로 전서구를 날리더라고요. 아마 신도율도 깜빡 속을 거예요."

전서구를 보내기 전에 막으려 했다면 그건 일도 아니었다.

애초부터 비파월에게서 곽자흥이 신도율과 연관이 있음을 알아차렸다.

노렸다면 애초에 제거할 기회는 많았지만 혁련휘는 오히려 그냥 두었다.

그 이유는 바로 이 서찰을 보내게 하기 위함이었다.

며칠 전 부의민과 나눴던 애초의 계획과는 달리, 대주들을 모은 회의에서 이만의 병력으로 마교를 칠 거라 이야기를 흘린 것 또한 이 때문이었다.

신도율은 이로 인해 자신들의 병력을 제대로 파악하지 못하게 될 테니까.

부대를 재편성한 이유 중 하나도 바로 이 때문이었다.

효용성 있게 운용하기 위함도 있었지만, 막 새로이 짠 부대들을 나눠서 출진시키면 그 숫자가 얼마인지 단번에 파악되지 않을 테니까.

거기다가 혁련휘는 곽자흥 뿐만이 아니라 그가 이끄는 정보 집단마저도 노리고 있었다.

뒤늦게라도 혹시나 그들이 뭔가를 알아차리고 신도율에

게 연락을 취하는 불상사를 막기 위해서였다.

물론 시간적 여유만 있었다면 비파월을 통해 곽자홍이 지닌 모든 거점들을 조사해 정보 집단이 기거하는 곳을 찾았을 게다.

그렇지만 혁련휘에게는 시간이 없었고, 그로 인해 이런 작전까지 펼치며 곽자홍 스스로 틈을 보이게 만든 것이다.

물론 그러기 위해서는 미끼가 되어 줄 비설이 필요했다.

다른 이들에 비하여 비설은 강하다는 사실이 알려지지 않았다.

신도율이 그런 부분까지 곽자홍에게 알렸다면 계획은 실패했을 것이다.

만약 그랬다면 혁련휘는 곽자홍을 제거하는 데 만족해야만 했다. 그렇지만 다행히도 곽자홍은 비설의 강함을 알지 못했고, 자신이 쳐 놓은 덫에 완전히 빠져 버렸다.

덕분에 혁련휘는 내부의 간자인 곽자홍을 잡았고, 변방 지역의 정보를 신도율 측에게 전하고 있던 비밀 집단 또한 일망타진할 수 있게 된 것이다.

곽자홍과 비밀 집단 모두가 사라지게 된다면 신도율은 이곳 변방에서 움직인 실질적인 무인들의 숫자를 파악하는 데 긴 시간을 소요하게 될 것이다.

그리고 그가 뒤늦게 그 사실을 안다고 해도…… 이미 그

때 자신들은 마교 지척까지 도달해 있는 상태.

제대로 뒤통수를 한 방 먹일 수 있는 작전인 것이다.

이 작전 또한 믿을 수 있는 비설, 그녀가 있었기에 가능했던 일.

혁련휘는 새빨갛게 부어 있는 비설의 손목을 향해 손을 뻗었다.

그러고는 부어 있는 손목을 말없이 어루만지던 그가 이내 입을 열었다.

"고생했다."

그의 마음이 담긴 말에 비설은 그저 웃음을 머금었다. 혁련휘의 그 한마디면 그녀는 언제나 충분했으니까.

*　　　*　　　*

곽자홍이 보낸 서찰은 며칠의 시간이 지난 후 신도율에게 날아들었다. 서찰을 건네받은 그의 미간이 꿈틀거렸다.

때마침 함께 자리하고 있던 우치와 고경천, 유영인은 불쾌한 표정을 지어 보이는 신도율의 모습에 뭔가 일이 벌어졌음을 직감했다.

우치가 물었다.

"어디에서 온 서찰입니까?"

"……백옥."

백옥이라는 말에 세 사람은 꿈틀했다.

그곳이 다름 아닌 혁련휘가 현재 머물고 있는 거점임을 알기 때문이다.

그리고 이 서찰이 오기 며칠 전 이미 오랫동안 모습을 보이지 않던 혁련휘가 돌아왔다는 사실을 전해 들었던 신도율이다.

이런 시기에 모습을 감췄던 혁련휘가 돌아왔다.

그것이 의미하는 바는 생각보다 컸다.

'역시 꿍꿍이가 있었구나.'

방금 날아든 서찰에는 마교로 움직이는 적들의 병력의 규모와, 움직이는 시기를 포함하여 새롭게 구성된 부대들의 편성이 적혀 있었다.

그리고 그 변방에서 움직이는 숫자를 또 다른 누군가의 도움으로 채울 계획이라는 것도.

서찰에서 시선을 뗀 신도율이 천천히 말했다.

"혁련휘가 이곳으로 온다는군."

"죽고 싶어서 환장을 한 모양이군요."

고경천이 기가 차다는 듯 중얼거렸다.

지금 변방의 상황을 너무나 잘 알고 있는 이들이다. 새외 세력과 싸우고 있는 지금 많은 병력을 뒤로 돌릴 수 없다.

만약 그런 위험을 무릅쓰고 병력을 돌린다면 결국 변방부터 무너지고 종내에 포위가 되는 형상이 되고야 말 것이다.

그랬기에 이들은 혁련휘가 설마 병력들을 이끌고 마교 본성으로 쳐들어오는 강수를 둘 거라 여기지 않았다.

그곳에 오히려 새로운 거점을 만들고 또 다른 세력을 구성하려 할 확률이 높다 여겼다.

그런데…… 그런 예상을 깨고 혁련휘가 움직였다.

이해가 안 간다는 듯 고경천이 다시금 말했다.

"숫자가 얼마나 된답니까?"

"이만."

"이만에 달하는 무인들이 자리를 비운다면 변방이 무너질 텐데 그럼에도 불구하고 이곳으로 온단 말입니까?"

흡사 도박을 거는 게 아니냐는 듯한 질문에 신도율이 서찰에 적혀 있던 사실에 대해 알렸다.

"누군지 모르겠지만 모종의 세력이 그 빈자리를 대신한다는군."

"그게 누굽니까?"

"그것까진 알아내지 못한 모양이야."

신도율은 손으로 턱을 어루만졌다.

어쩌면 제일 중요한 정보가 될 부분이 빠져 있으니 아쉬울 수밖에 없었다.

그가 나지막이 중얼거렸다.

"이만이라……."

현재 마교 본성에 있는 신도율의 정예 병력은 얼추 만 이천가량이다.

거기다가 그냥 어중간한 마교의 무인들까지 포함한다면 그 숫자는 엄청나게 된다.

숫자 자체는 자신이 훨씬 많긴 했지만 정예 병력에서 밀리는 게 신경 쓰인다.

잠시 생각에 잠겨 있던 신도율이 이내 입을 열었다.

"우치."

"예. 하명하실 일이라도 있으십니까?"

우치가 섭선을 쫙 펼치며 앞으로 걸어 나왔다.

그를 향해 신도율이 명령을 내렸다.

"지금 당장 우리 아래로 들어온 사파들에게 연락해서 쓸 만한 무인들을 최대한 이쪽으로 보내도록 하라고 해."

"바로 연락 돌리겠습니다."

말을 마친 우치는 곧바로 커다란 몸을 이끌고 거처를 빠져나갔다.

혹시 모를 변수를 줄이기 위해 신도율은 모자란 정예병의 숫자를 자신의 발아래에 굴복한 사파의 무인들로 채울 생각이었다.

정확히는 알 순 없었지만 그들에게 도움을 받는다면 그 숫자는 얼추 이만 오천 이상은 될 터. 혁련휘가 무슨 계획을 준비했던 모자라지 않는 숫자다.

그리고 기본적으로 전쟁에서는 공격하는 쪽보다 수비를 하는 쪽이 유리할 수밖에 없다.

더군다나 이 마교의 견고한 성벽을 가지고 있다면 더더욱 그러했다.

외성과 내성 두 개를 뚫는 것만으로도 혁련휘 측은 큰 피해를 입을 수밖에 없었다.

분명 지금 할 수 있는 최선의 명령을 내렸거늘 신도율은 이상하게 찜찜했다.

'정말 이대로 공격하겠다는 거냐 혁련휘?'

자신과 싸운 지 채 반년의 시간도 지나지 않았다.

제아무리 혁련휘가 재능이 있다 한들 그 시간 동안 강해져도 얼마나 강해질 수 있단 말인가.

결국 그는 자신을 이기지 못할 것이다.

그런 지금 압도적인 병력도 아닌 오히려 모자라 보이는 숫자의 무인들을 이끌고 마교를 공격한다는 행동이 뭔가가 이상해 보였다.

이상하다는 생각이 들긴 했지만 결국 이 싸움의 승패를

결정짓는 가장 중요한 부분은 혁련휘가 자신을 꺾느냐, 마느냐였다.

그리고 신도율은 자신이 있었다.

이길 자신이 말이다.

자신이 무너지지 않는 이상 이 전쟁에서 패할 이유도 없었다.

생각이 거기까지 미치니 결론은 하나밖에 나오지 않았다.

시간을 끌면 끌수록 자신의 세력이 강해질 테니, 그 전에 어떻게든 최대한의 병력을 이끌고 끝장을 내 보자는 계획임이 분명하다.

물론 걸어 보지 못할 도박은 아니지만…… 그것도 상대를 보면서 걸어야 하는 것이다.

그 상대가 천하제일인인 자신이라면 애초에 성공할 확률이 없는 도박인 셈이다.

결국 혁련휘는 스스로 죽기 위해 이곳으로 돌아오는 것이라 봐야 했다.

'어리석은 놈.'

때를 기다린다고 해서 답이 없는 건 매한가지였겠지만, 최소한 지금 걸어오는 이 싸움은 후대에 두고두고 회자될 정도로 멍청한 짓이 될 게다.

문득 혁련휘를 구해 내기 위해 스스로의 목숨을 버렸던 혁무조의 얼굴이 떠올랐다.

자신에게 두 번이나 수치를 안겨 줬던 사내.

인정하고 싶지는 않았지만 신도율은 그런 혁무조가 두려웠다.

그렇지만 지금 이 혁련휘의 행동은 무엇이란 말인가?

혁무조의 아들이고, 자신은 가지지 못했던 파멸혼까지 쥐게 된 사내라 은근 기대를 했거늘…….

'아무래도 네놈은 아비만큼의 그릇은 아니었던 모양이로구나.'

아픈 와중에서도 자신을 쉽사리 움직이지 못하게 했던 혁무조.

그에 비해 승산 없는 싸움을 걸고 들어오는 혁련휘가 어리석게 보였다.

신도율이 의자의 손잡이 부분을 손으로 누르며 몸을 일으켜 세웠다.

자리에서 일어난 그가 입을 열었다.

"우리도 움직여야겠군."

곧 있을 전쟁.

이 전쟁이 끝나면 마교의 주인은 하나만 남게 될 것이다.

그리고 그 살아남을 이는 다름 아닌 자신일 거라 신도율은 확신했다.

그가 유영인과 고경천을 향해 말했다.

"자, 다들 손님 맞을 준비들 하라고. 성대하고, 아주 잔인하게."

3장. 전쟁의 시작

— 따르라

투둑, 투두둑.

비가 쏟아져 내렸다.

시원하게 쏟아져 내리는 비는 서서히 끝을 향해 가는 가을과의 마지막 인사를 나누는 것만 같았다. 쏟아져 내리는 빗줄기가 점점 거세어지고 짙은 어둠이 주변을 가득 채우고 있는 그때.

신강 외곽에 누군가가 모습을 드러냈다.

죽립을 쓴 풍채가 당당한 사내, 그는 비가 떨어지는 그곳에 선 채로 뭔가를 기다리고 있었다.

그리고 이내 높은 곳에 선 채로 멀리를 내려다보던 사내의 어깨로 한 마리의 새가 날아들었다.

푸드득.

커다란 날갯짓을 끝내고 어깨에 내려선 새를 힐끔 바라봤던 그는, 이내 발목에 묶여 있는 자그마한 통을 향해 손을 뻗었다.

비에 젖지 않기 위해 만들어진 통의 끝을 손가락으로 슬며시 누르자 틈이 벌어졌고, 이내 그 사내는 안에 든 종이를 꺼내어 들 수 있었다.

겹겹이 쌓여 있는 자그마한 종이.

사내는 비에 젖지 않게 손바닥으로 가린 채로 조심스럽게 그 종이를 펼쳤다.

그리고 종이에 적혀져 있는 한 글자.

출(出)

출발을 했다는 연락을 받은 사내의 입꼬리가 죽립 아래에서 희미하게 꿈틀거렸다.

'……시작한다 이거로군.'

드디어 시작되는 것이다.

중원의 주인을 정할 일생일대의 승부가.

수많은 싸움을 경험해 본 사내였지만 지금 이 순간 손끝이 저릿저릿해지는 걸 느꼈다. 그토록 많은 전쟁터를 누벼 왔지만 이렇게 커다란 싸움은 그 또한 처음이었으니까.

중원을 건 한판 승부.

어찌 흥분되지 않을 수 있으랴.

"준비는?"

사내의 한마디와 함께 어둠 속에 몸을 감추고 있던 무인들의 모습이 하나씩 모습을 드러내기 시작했다.

동시에 모습을 드러낸 수십 명의 무인들이 일렬로 사내의 뒤편에 부복한 채로 고개를 숙였다.

마찬가지로 죽립을 쓴 그들은 한목소리로 소리쳤다.

"명 기다리고 있습니다!"

고함 소리와 함께 무릎을 꿇고 있는 사내들의 뒤편으로 하나둘씩 깃발들이 모습을 드러내기 시작했다.

강한 빗줄기 속에서도 힘을 잃지 않고 깃발들이 매섭게 펄럭였다.

수하들의 우렁찬 대답을 뒤로한 채로 사내가 천천히 몸을 돌려 산 아래를 내려다보는 그 순간 강렬한 천둥소리와 함께 번개가 번쩍였다.

콰르릉!

번개의 빛이 사내의 등 뒤를 일순간이나마 밝게 비추는 그 순간.

그 뒤편에 마치 맹수처럼 웅크리고 있는 어마어마한 숫자의 무인들이 모습을 드러냈다.

쏟아지는 빗줄기를 고스란히 맞으며 그저 한 사내의 명령만을 기다리는 무인들.

그들의 숫자는 족히 일만이 훨씬 넘을 정도의 대군들이었다. 그것도 한 명 한 명이 뛰어난 실력을 지닌 정예 병력이었다.

그토록 엄청난 무인들을 대동한 채로 이곳에 서 있던 사내가 멀리 떨어진 곳을 바라봤다.

지금 사내의 시선이 닿아 있는 곳.

그곳은 다름 아닌 중원이었다.

죽립 사이로 중원의 땅을 바라보던 사내가 천천히 입을 열었다.

"……지금 이 순간부로 우리는 중원을 넘는다."

자신들이 중원에 발을 내디딘다는 것.

그건 곧 역사에 남을 전쟁의 시작을 알리는 것이기도 했다.

사내가 얼굴을 가리고 있던 죽립의 턱 끈을 향해 천천히 손을 가져다 댔다.

그러고는 산 아래쪽을 향해 걸음을 옮기며 재차 말했다.

"따르라. 나의 무인들이여."

그 말과 함께 사내는 거칠게 쏟아져 내리는 빗줄기에는 아랑곳하지 않고 죽립을 벗어 하늘 위로 던져 올렸다.

그리고 뒤편에서 부복하고 있던 무인들 또한 자신들의 죽립을 벗어 허공으로 집어 던지고는 선두에 나선 자신들의 수장의 뒤를 따라 걷기 시작했다.

앞장서서 나아가는 이들의 뒤를 따라 웅크리고 있던 무인들이 일어나며 걸음을 옮겼다.

쿵쿵.

그들의 발걸음 소리는 곧 시작될 전쟁을 알리는 신호탄과도 같았다.

그리고 어둠 속에서 천천히 모습을 드러내기 시작한 수백 개가 넘는 깃발.

쏟아지는 빗줄기 속에서도 용맹함을 잃지 않고 휘날리는 깃발.

그리고 그 깃발에 적힌 네 개의 글자.

북해빙궁(北海氷宮)

이 싸움의 승패를 좌우할 커다란 패 중 하나인 그들이 중원으로 들어서고 있었다.

산서성 문수(文水)라는 마을의 실세는 얼마 전까지만 해
도 마교의 세력이었다.

그렇지만 신도율이 마교를 집어삼킨 이후 이곳의 주인은
인근에서 성세를 떨치고 있던 강룡회(江龍會)라는 곳이었
다.

사파의 하나로 오래전부터 문수 지역에 터를 박고 있던
이들.

그들의 힘은 꽤나 강했지만 아무리 이곳에서 강룡회라는
이름이 먹어 준다 한들 어찌 마교에게 덤빌 수 있겠는가.

결국 오래전 많은 이권을 내준 채로 숨죽이고 살아오던
그들이었거늘, 때가 오자 신도율의 편에 서서 곧바로 혁련
휘 쪽의 마교 병력들을 몰아내고 이곳 문수를 완전히 장악
한 상황이었다.

강룡회는 사파 중에서도 꽤나 성정이 포악한 이들로 구
성된 문파였다.

문수의 실권을 장악하기 무섭게 그들은 마을 사람들의
고혈을 빨아먹기 시작했다.

마치 그동안 양보해야 했던 모든 것들을 당장에 회수라
도 할 것처럼 말이다.

당연히 문수에 살고 있던 힘없는 이들은 생지옥이 따로 없었다.

그들이 농사를 짓는 땅은 물론이고, 살던 집마저 빼앗긴 이들도 허다했다.

한 구역에 위치한 모든 집들을 빼앗은 강룡회는 그곳을 싹 밀어 버리고 자신들이 지낼 커다란 거처와, 즐길 만한 유흥 시설들을 잔뜩 만들기 시작했다.

그리고 장사를 하는 장사꾼들에게도 이전에 비해 몇 배가 넘는 자릿세를 받고, 또 그런 폭정을 견디다 못해 도망치려는 이들은 잡아서 다리를 으깨 버리는 본보기까지 보였다.

당연히 문수의 분위기는 흉흉해졌고, 날이 갈수록 치안 또한 엉망이 될 수밖에 없었다.

마교의 무인들은 이미 싸움에 패해 문수에서 물러난 상황.

지금 그들에겐 무서울 거 하나 없었다.

강룡회의 수장인 흑모철추(黑貌鐵鎚) 노종도(魯倧倒)는 술로 인해 한껏 붉어진 얼굴로 자신의 방에서 걸어 나왔다.

기녀 하나를 대동한 채로 바깥으로 나온 그는 노을을 등진 채로 지어지고 있는 새로운 거처를 바라보며 함박웃음을 지었다.

"흐흐, 저 건물이 보이느냐? 저것이 완성되는 그 날이 바로 강룡회가 다시 한 번 도약하는 때가 될 것이야."

오랫동안 숨죽이며 살아왔던 날들.

그러한 날들의 보상을 받기라도 하려는 것처럼 노종도는 예전보다 더욱 많은 것을 가지기를 원했다.

그런 그의 욕망의 실현체가 바로 지금 이 커다란 건물이었다.

새로운 거점을 시작으로 하여 보다 많은 것을 가지고야 말 것이다. 이 문수 인근을 시작으로 하여 나중에는 산서성 전체를 쥐고 흔드는 세력가가 되는 것이 그의 목표였다.

높이 올라가기 시작한 건물을 올려다보는 노종도의 마음 한편에서 꿈틀거리는 검은 욕망.

그 욕망들을 이루기 위해서는 힘없는 이들이 수도 없이 죽어 나가겠지만…… 그런 건 노종도에게 아무런 의미도 없었다.

어차피 하찮은 목숨 따위 신경 쓸 이유가 없다 여겼으니까.

그렇게 흐뭇한 미소를 지은 채로 서 있던 그의 귓가로 소란스러운 소리가 들려오기 시작했다.

"너희는……!"

우당탕.

들려온 수하의 목소리, 그리고 이어 커다란 소음이 울려
퍼졌다.

자연스레 노종도의 시선이 소리가 들려온 문 쪽으로 향
했을 때다.

쿠웅.

시선이 향한 쪽의 문이 박살이 나며 터져 나갔다.

그리고 그 부서진 문 사이로 쓰러진 수하들의 모습이 들
어왔다.

문제는 쓰러진 수하들을 성큼 넘어 안으로 걸어 들어오
는 일련의 무리가 있다는 것이었다.

노종도가 표정을 구긴 채로 황급히 자신의 무기를 꺼내
어 들었다.

순식간에 안으로 들어온 무인들의 숫자는 대략 스무여
명 정도.

그렇지만 노종도는 인근을 포위하듯 다가오는 기척을 느
끼며 이들의 숫자가 적지 않음을 직감할 수 있었다.

그들은 하나같이 똑같은 검은 무복을 걸치고 있었다.

수하들을 쓰러트리고 자신을 향해 대놓고 적의를 드러내
는 상대들, 결코 좋은 일로 찾아온 이들이 아님이 분명했다.

강룡회의 새로운 거점의 완성이 멀지 않은 지금 찾아든
불청객.

노종도가 힘겹게 입을 열었다.

"······누구냐?"

질문을 던진 노종도는 그들의 정체를 파악하기 위해 눈동자를 데굴데굴 굴렸다.

그렇지만 특색 없어 보이는 검은 무복은 아무런 단서를 주지 못했다.

그저 하나, 그들의 등에 적힌 천(天)이라는 글자만이 선명하게 모습을 드러냈을 뿐이다.

천이라는 글자를 짊어지고 나타난 일련의 무인들.

선두에 선 사내가 짧게 말했다.

"북천회다."

비설의 명을 받고 움직이는 북천회가 마침내 긴 어둠 속에서 모습을 드러낸 것이다.

그리고 이러한 움직임은 이곳 산서성 문수에서 뿐만이 아니라 전 중원 곳곳에서 동시다발적으로 일어나고 있었다.

*　　　*　　　*

마교 본성을 치기 위해 움직이기 시작한 마교 병력들. 그들의 숫자가 처음부터 많았던 것은 아니다.

혁련휘가 이끌고 움직인 최초의 병력은 그가 머물고 있던 백옥을 거점으로 하여 인근에 있는 여유 병력이 전부였다.

그 숫자는 고작 육천 정도에 불과했지만 그것은 시작에 불과했다.

북해빙궁이 대신해 줄 장소에 위치한 무인들부터 빠르게 빠져나오기 시작한 것이다.

혁련휘는 마교 본성으로 가는 길목마다 합류할 장소를 순차적으로 정해 뒀다.

그리고 북해빙궁뿐만이 아니라 북천회가 대신 지키기 위해 투입된 곳에 자리했던 모든 마교의 병력들 또한 약속된 거점을 향해 빠르게 움직이기 시작했다.

거기에 새외와 대치하고 있는 병력 중에 최소한의 숫자만을 남긴 나머지들 또한 마교 본성을 향해 회군하고 있었다.

마교로 향하는 길목에 자리한 여덟 개의 거점들.

그곳을 지나갈 때마다 혁련휘의 병력은 기하급수적으로 늘어났다.

북해빙궁이 개입하며 생겨난 여유 병력들과, 북천회 덕분에 자리를 비울 수 있었던 이들. 그리고 새외에 대치하고 있던 무인들까지 빠르게 혁련휘의 휘하에 합류하기 시작했다.

여덟 개의 정해진 거점 중에 여섯 개를 넘어섰을 때, 이미 혁련휘의 병력은 삼만이 훌쩍 넘어설 정도로 많아져 있었다.

나머지 두 개의 거점에서 대기할 무인들과 합류한다면 목표했던 사만 이상의 무인들이 혁련휘를 따르게 되는 셈이다.

쿵쿵쿵!

삼만이 넘는 정예 무인들의 움직임은 대지를 울렸다.

정돈된 부대, 그리고 그들을 이끄는 수많은 절정 고수들.

마(魔)라는 글자가 새겨진 깃발을 천하에 가득 휘날리며 나아가는 그들의 모습은 웅장하기 그지없었다. 그들이 나아가는 움직임에 따라 산천초목이 사시나무처럼 떨었다.

그리고 이토록 많은 숫자의 무인들이 움직이는 건 쉬이 볼 수 없는 장관이었다.

끊어지지 않을 정도로 길게 도열한 채로 걷고 있는 마교 무인들의 모습에서는 비장미가 느껴질 정도였다. 이번 싸움이 얼마나 중요한 것인지 모두가 알고 있는 탓이다.

삼만의 무인들의 움직임.

그리고 그런 그들의 가운데에는 엄청난 크기의 마차 한 대가 자리하고 있었다.

삼만이 넘는 무인들을 이끄는 수장, 혁련휘의 마차였다.

여덟 마리의 말이 이끌고 달리고 있는 마차는 새카만 외관에 화려한 금빛 장식이 가득했다.

마교 교주인 그를 위한 마차에는 혁련휘의 측근들이 자리하고 있었다.

부의민은 적인호와 함께 선두에서 무인들을 이끌고 독려하고 있었기에 마차 내부에는 그를 제외한 나머지 일행들이 모여 있었다.

비설은 휘장 틈을 슬쩍 벌리고 바깥을 구경하고 있었다.

온통 흙먼지가 일어날 정도로 어마어마한 숫자가 이동하는 지금의 장관이 신기한 듯했다.

그런 그녀를 향해 환야가 투덜거렸다.

"휘장 좀 닫아라. 먼지 날리잖아."

"신기해서요. 이런 모습 보기 쉬운 게 아니잖아요."

환야에게 대꾸한 비설이 휘장으로 다시금 창문을 가렸다.

"그게 신기해? 난 이렇게 시끄러운데도 죽은 듯이 자고 있는 저놈이 더 신기한데?"

환야의 시선이 향하는 곳엔 달치가 있었다.

그는 태평하게 잠에 빠져 있었고, 그런 그를 보며 환야는 고개를 절레절레 저었다. 삼만이 넘는 숫자의 무인들이 움직였고, 자신들은 그 중앙에 위치해 있는 상황이다.

지독한 소음이 계속해서 들려오고 있는데 달치는 아랑곳하지 않고 잠에 빠져 있었다.

잠시나마 달치에게 시선을 줬던 환야가 이내 비설에게 다시금 말을 걸어왔다.

"몸 상태는 좀 어때?"

자하도에서 다쳤던 내상에 대해 묻자 비설은 가만히 주먹을 쥐었다 폈다를 몇 번 반복하더니 이내 씩 웃어 보였다.

"최상이죠."

부상을 당하고 제법 시간이 흐른 탓인지 상태는 많이 좋아진 상태였다.

그녀의 자신 있는 대답에 환야는 속으로 안도의 한숨을 내쉬었다.

자신들이 싸워야 할 상대는 신도율이다.

그리고 그의 휘하에 있는 엄청난 고수들까지.

정예 병력의 숫자는 이쪽이 압도적으로 많았지만, 각자의 휘하에 있는 절대 고수는 아무래도 마교 본성이 많을 수밖에 없었다.

그런 상황에서 비설이 어느 정도 활약할 수 있는지는 승패에 커다란 영향을 줄 정도로 중요한 문제였다.

자신 있게 말하는 비설을 보며 환야가 다행이라 여기고

있는 그때 말없이 자리하고 있던 혁련휘가 입을 열었다.

"다 나았다고 해도 너무 무리하지 말고 있어. 내상이란 게 다 나은 것 같아도 또 모르는 거니까."

자신을 위해 계속해서 큰 부상을 입으면서 싸워 오는 비설에 대한 걱정이 가득 묻어 나오는 목소리였다.

그의 말에 그녀가 그저 웃고만 있을 때였다.

환야가 혁련휘에게 물었다.

"지금쯤이면 신도율에게도 저희에 대한 정보가 흘러갔겠죠?"

출발하기 직전 가짜 정보를 흘렸고, 거기에다가 부대를 재편성까지 하면서 인원 숫자를 파악하기 힘들게 만들었다.

게다가 한 곳에서만 병력을 차출한 것도 아니고 각 지역에서 일부씩 움직이게 만든 상황.

작전이 성공했다면 신도율은 마교로 향하는 혁련휘의 병력이 실제의 숫자인 사만의 절반밖에 되지 않는 이만 정도로 파악했었을 것이다.

그로부터 이곳에 오기까지 걸린 시간들.

워낙 거리가 멀고 대규모의 인원이 움직이는 탓에 마교 본성까지 도달하는 데는 적잖은 시간이 걸릴 수밖에 없었다.

꽤나 시간이 지났으니 지금쯤이라면 신도율 또한 뭔가 이상하다는 사실을 알아차렸을 것이다.

환야의 말에 혁련휘는 고개를 끄덕이며 말했다.

"슬슬 알아차렸겠지. 하지만……."

비설이 다시금 바깥을 보려는 듯 슬쩍 옆으로 민 휘장 너머로 외부의 모습이 들어온다.

이곳부터 마교까지의 거리는 그리 멀지 않았다.

기껏해야 열흘, 그 정도면 혁련휘는 목적지에 도달해 있을 것이다.

혁련휘가 천천히 말을 이었다.

"……이미 늦었어."

*　　　*　　　*

신도율의 얼굴이 붉게 물들어 있었다.

넓은 대전에 모여 있던 마교의 수뇌부들은 고개조차 들지 못한 채로 화가 잔뜩 난 신도율의 눈치를 살피느라 바빴다.

그에게서 터져 나오는 지독한 살기가 장내를 가득 뒤덮었다.

숨소리조차 쉽사리 내지 못할 정도로 조용한 대전에는

마교의 장로들, 칠대천의 수장들과 마교에 속한 커다란 세력을 이끄는 이들이 가득했다.

그들은 지금 곧 있을 혁련휘와의 전쟁에 대해 이야기하고자 이곳 대전에 모여 있었었다.

분명 방금 전까지만 해도 대전 내의 분위기는 그리 나쁘지 않았다.

혁련휘가 병력을 이끌고 온다는 거야 이미 오래전에 알려진 일이었으니까.

그러던 차에 연락을 보낸 사파 측에서부터 지원받기로 한 병력들까지 도착했다.

덕분에 어느 정도 방어선까지 구축해 둔 상황, 그리 나쁠 건 없었다.

사건은 그 이후에 벌어졌다.

어떻게 싸울지에 대해 이야기를 나누던 도중 날아든 하나의 급보.

바로 그것이 문제였다.

보고를 전해 듣던 신도율의 표정이 변하는 건 순식간이었다.

긴 침묵.

그렇게 입을 닫은 채로 살기를 뿜어 대던 신도율이 힘겹게 입을 열었다.

"뭐라고 지껄였더냐?"

"혀, 현재 파악된 혁련휘 쪽의 병력이 삼만을 넘어선 것으로 추정되옵니다. 그리고 추가적으로 더 늘어날 것으로 예상되고 있습니다."

"……어떻게?"

불가능한 일이다.

분명 처음 전해 들은 그의 병력은 이만 정도라 들었다.

그것만 해도 최대한 쥐어짰구나 생각했는데 삼만이 넘어선단다.

더군다나 그 병력이 끝이 아니라니…….

신도율은 터지려는 화를 꾹꾹 내리누르며 물었다.

"그래서 정확하게 그들의 숫자가 얼마쯤 될 것 같더냐."

물어 오는 신도율의 질문에 무릎을 꿇고 있는 전령은 긴장한 듯 침을 꿀꺽 삼켰다.

괜스레 화가 자신에게 쏟아질 게 두려운지 머뭇거리던 그가 조심스레 보고했다.

"……사만이 넘을 것으로 판단됩니다."

"사, 사만이나!"

전령의 말에 장로 중 하나가 놀라 소리쳤다.

사만이라면 변방에 있는 거의 대부분의 병력을 이끌고 나와야 가능한 숫자가 아니던가. 하지만 그 정도의 숫자가 비어 버린다면 변방은 당장에 무너졌어야 한다.

사만이라는 숫자를 전해 들은 신도율이 기가 차다는 듯 말했다.

"그게 무슨 소리야? 사만이나 되는 병력이 변방에서 빠졌다면 응당 새외 세력들이 치고 들어왔어야 하거늘. 지금 그 말을 믿으라는 거냐?"

"그것이…… 변방에서 전부 데리고 움직인 것이 아니오라 중원 각 지역에 퍼져 있던 마교의 병력들이 움직였다 합니다. 그랬기에 파악이 더 늦어졌습니다."

"중원 각 지역에서 차출했다고?"

변방에 북해빙궁이 개입했다는 소식을 오 일 전쯤 전해 들었다.

생각지도 못한 거물이 움직였다는 사실에 신도율은 순간 놀라긴 했지만 이내 고개를 끄덕였다.

혁련휘의 노림수라면 그 정도는 돼야 맞을 거라는 생각이 들어서다.

분명 북해빙궁은 새외 세력 중에 가장 강한 힘을 지니고 있다. 그렇지만 신도율과 손을 잡은 새외의 세력들은 한두 개가 아니다.

혁련휘가 이끌고 움직인 병력들이 비어 버린 이상 제아무리 북해빙궁이라 할지라도 결국 언젠가는 밀리게 될 수밖에 없었다.

북해빙궁의 도움을 받는다 하여도 어차피 숫자 또한 자신들이 압승일 거라 여겼던 상황.

그런데 생각지도 못하게 혁련휘는 중원 각 지역을 지키고 있던 마교의 병력을 움직였다고 한다. 그러자 다시금 의문이 치솟았다.

변방과 마찬가지로 중원 각 거점을 지키는 무인들 또한 그곳을 터전으로 삼는 사파나, 신도율의 비밀 무력 단체들로 인해 완전히 발이 묶여 있던 상태다.

그들 또한 자리를 비울 수 없는 상황이라는 거다.

그걸 믿었기에 신도율은 여태까지 이렇게 태연할 수 있었다.

그런데…… 그들이 움직였다.

신도율이 물었다.

"대체 어떻게? 그들이 움직였다면 오히려 거점을 모두 빼앗겼을 것 아니냐."

"그것이…… 그쪽에도 엄청난 숫자의 무인들이 나타났다고 합니다. 그들이 마교 무인들이 자리하던 지역을 대신 지키기 시작했고 그 탓에 이만에 가까운 마교 병력이 자유롭게 혁련휘 쪽으로 합류하게 된 것 같습니다."

"뭐? 이만이나 되는 놈들 전부가?"

이야기를 이어 가는 신도율로서는 기가 찰 수밖에 없었다.

몇천이라면 모를까 이만이라니?

그토록 많은 숫자를 대신할 만한 이들이 과연 중원에 있기나 했단 말인가?

더군다나 그런 자들이 동시다발적으로 중원의 모든 지역에서 일어났다고 한다. 그렇게 중원 곳곳에 광범위하게 세력이 퍼져 있는 자들은 신도율이 아는 한도 내에서는 아무도 없었다.

언젠가 정파를 재건할 거라는 하나의 목적만을 가진 채로 오랫동안 어둠 속에서 살아온 북천회.

그들의 존재는 애초에 신도율의 계산 속에 없었던 것이다.

신도율이 다급히 물었다.

"놈들의 정체는?"

"그, 그게 등 뒤에 천(天)이라는 글자를 달고 있다는 것 말고는 아직 파악이……."

"망할! 대체 뭣들 하고 있는 거야!"

자리를 박차고 일어난 신도율이 못 참겠다는 듯이 자신의 앞에 놓여 있던 커다란 탁자를 그대로 엎어 버렸다.

상석 아래로 탁자를 던져 버린 그는 이를 부득부득 갈았다.

신도율이 버럭 소리쳤다.

"칠대천을 비롯한 각 수장들은 당장 밖에 나가 있는 개인 병력들까지 모두 소집해!"

"하, 하오나 그들에겐 중요한 임무가……."

갑작스러운 명에 놀란 듯이 칠대천의 하나인 신검백가의 백천기가 입을 열었다.

순간 신도율의 두 눈에서 불똥이 튀었다.

빠악!

그의 주먹에서 뻗어 나간 권풍이 입을 열었던 백천기의 가슴을 파고들었다. 백천기의 몸이 허공으로 솟구쳐 오르더니 이내 피를 뿜는 것과 동시에 바닥을 나뒹굴었다.

그가 바닥에 엎어진 채로 거칠게 피를 토해 냈다.

"컥컥."

"시키는 대로 하면 되지 뭐 이리 말이 많아?"

일격을 휘두르고도 화가 풀리지 않았는지 신도율은 성큼 아래쪽으로 걸음을 옮겼다. 쓰러져 있는 백천기에게 다가간 신도율이 거칠게 발로 그의 머리를 짓뭉갰다.

바닥에 얼굴을 틀어박힌 상황에서 신도율은 마치 불을 끄듯 발을 비벼 댔다.

"어떻게 해 줘? 확 머리통을 부숴 줄까?"

발에 점점 내력을 불어 넣으며 신도율이 섬뜩한 말을 내뱉었다. 그리고 자신들의 수장이 그런 꼴이 되어 버린 신검백가의 무인들의 안색 또한 새하얗게 변해 갔다.

그때 다급히 한 명의 노인이 나섰다.

"교, 교주님! 진정하시지요. 백 가주가 걱정이 되어 실언을 한 모양입니다. 넓은 아량으로 자비를 베풀어 주시지요."

신도율을 말리고 있는 이는 얼마 전 마교로 복귀한 칠대천의 하나인 천룡신방(天龍神幇)의 방주 서무귀(徐無鬼)였다.

그의 다급한 말에 옆에 있던 백화방의 방주 하약란 또한 다급히 나섰다.

"교주님, 백 가주는 마교에 중요한 인물입니다. 오늘의 실수를 만회하고자 더욱 열심히 교주님을 모실 것이니 노여움을 거두시지요."

칠대천의 수장 중 둘이 나서서 말리자 신도율은 발에 주고 있던 힘을 서서히 풀었다.

그러고는 이내 바닥에 얼굴을 파묻고 있던 백천기의 어깨를 퍽 걷어차고는 몸을 돌려 다시금 상석으로 올라섰다.

커다란 고통에 몸부림치던 백천기가 피투성이가 된 얼굴을 가까스로 들어 올렸다.

바닥에 대고 마구 비벼 댄 탓에 그는 이빨마저도 깨져 있었고, 코뼈마저 뭉개진 상황이었다. 당연히 입과 코에서 터져 나온 피로 얼굴은 엉망일 수밖에 없었다.

그가 힘겹게 입을 열었다.

"……용서해 주셔서 감사합니다."

"알면 됐어. 그러니 지금 당장 나가서 아직까지 외부에 남겨 놓은 무인들을 모조리 귀환시켜. 알았어?"

신도율의 명령에 이곳에 자리하고 있던 이들은 탐탁지는 않았지만 결국 고개를 끄덕일 수밖에 없었다. 지금 백천기가 모두의 앞에서 수모를 당하는 모습을 여실히 봤기 때문이다.

힘겹게 말을 했던 백천기는 고개를 숙인 채로 입술을 깨물었다.

수치스러웠다.

'아무리 교주라 한들 모두의 앞에서 칠대천 중 하나를 이끄는 나에게 이런 모멸감을 주다니…….'

혁무조에게도 압력을 받은 적이 몇 차례 있었지만 지금 신도율에게 당한 것과는 달랐다. 최소한 그에게 무릎 꿇고 용서를 빌었을 때에는 이처럼 수하들의 앞이 아니었다.

혁무조는 언제나 최소한의 자존심을 지킬 수 있는 배려를 해 줬다.

절대 백천기의 아랫사람들 앞에서는 도를 넘게 자존심을 깎아 내리지 않았던 것이다.

칠대천의 수장으로 마교를 이끌어 나갈 이의 명예를 손상시키지 않기 위한 행동이었다.

그런데 신도율은 무엇인가?

그는 자신보다 훨씬 아랫사람들이 가득한 이곳에서 자신에게 모멸감을 줬다.

특히나 자신의 가문인 신검백가의 무인들 또한 자리한 상황이 아니었던가.

백천기의 얼굴이 점점 붉게 물들었다.

주변에서 자신을 바라보는 시선이 스스로를 너무나 수치스럽게 만들었기 때문이다.

백천기가 속으로 분을 삼키고 있을 때 신도율은 아직도 대전 내부에 있는 이들을 바라보며 버럭 소리쳤다.

"내 말들 들었으면 당장들 움직여야 할 거 아냐! 빨리들 연락 날리고, 이틀 후 다시 회의를 열도록 하지."

"존명!"

한목소리로 소리친 무인들이 빠르게 대전을 빠져나가기 시작했다.

그리고 이내 모든 이들이 빠져나가고, 내부에는 신도율과 자하도에서부터 함께한 이들만이 자리하고 있었다.

멀찍이 선 채로 회의를 듣고만 있던 그들은 다른 이들이 사라짐과 동시에 신도율이 있는 상석 앞쪽으로 걸어왔다.

신도율이 불만에 찬 얼굴로 말을 이었다.

"하나같이 맘에 드는 놈들이 없어. 다가오는 적의 숫자를 절반으로 파악하지를 않나, 혁련휘를 돕는 그자들에 대해 알아낸 놈도 없고. 대체 뭣들 하는 건지 모르겠군."

"중원의 놈들이 다 그렇죠 뭐. 한심한 새끼들."

우치가 신도율의 말을 받았다.

신도율은 상석에 위치한 자신의 자리에 가서 턱을 괸 채로 앉았다.

우선 외부에 남아 있는 최후의 병력들까지 급하게 소집 명령을 내리긴 했지만…….

'많아 봤자 오천 남짓은 될까 모르겠군.'

숫자가 늘어난다고 해도 혁련휘 쪽에 비하면 한참은 모자라다.

신도율이 답답한 듯 중얼거렸다.

"새외 세력들이 혁련휘의 병력들의 뒤를 칠 수만 있었다면 누워서 떡 먹기나 다름없었거늘."

혁련휘가 놔둔 마교의 병력과, 북해빙궁으로 인해 완벽히 막혀 버린 새외의 길목.

물론 시간이 지난다면 결국 뚫게 되긴 하겠지만 금방 될 수 있는 일이 아니다.

많은 병력을 빼 왔다고는 하지만 애초부터 변방의 싸움

은 마교가 승기를 잡았던 상황이다.

일부가 빠졌으니 이제는 엇비슷한 정도를 유지할 게 분명했다.

신도율의 시선이 옆에 걸려 있는 커다란 지도로 향했다.

중원과 새외 세력들의 모든 거점들이 그려져 있는 커다란 지도.

지도를 바라보던 신도율이 이를 악물었다.

"망할⋯⋯."

자신도 모르게 터져 나온 욕설.

그것은 지도의 한 부분 때문이었다.

서역의 한 부분이자, 마교가 있는 방향과 이어져 있는 커다란 영토.

사사혈교가 지녔던 땅.

마교로 향하는 길목에 위치한 탓에 신도율 또한 저곳을 손에 넣고자 했다. 그러기 위해 파견했던 것이 바로 혈갑도수대였다.

그들은 자그마한 임무 하나를 완수하고, 곧바로 서역의 사사혈교를 손에 넣었어야만 했다.

그런데⋯⋯ 그 자그마한 임무가 실패로 돌아갔었다.

단 한 명의 여인 때문에.

"⋯⋯비설. 그 망할 계집."

그녀가 일 대 백의 싸움을 벌여 혈갑도수대 전원을 궤멸시킨 탓에 신도율의 계획이 틀어졌다. 당시엔 큰 문제는 아니라 생각했다.

그 땅을 먹지 못한다 해도 다른 모든 곳에서 마교를 노리고 쳐들어올 수 있는 상황이었으니까.

그렇게 계획은 진행됐고, 예상대로 모든 것이 잘 풀리는 것처럼 보였다.

허나 상황이 이렇게 흐르자 모든 것이 변했다.

그때의 그 일이 지금의 신도율의 발목을 잡고야 만 것이다.

만약 저곳까지만 먹었었다면 새외의 병력들은 막혀 있는 길을 우회하여 이곳 마교까지 올 수 있었을 상황이다.

이 모든 일을 불가능하게 만든 것이 고작 한 사람이라고 생각하자 신도율은 짜증이 치솟았다.

생각해 보면 그 비설이라는 여인은 계속해서 신도율을 방해했다.

혈갑도수대를 전멸시켰고, 가짜 소교주 사건을 뒤집히게 만든 것도 결정적으로 그녀다.

거기다 죽을 뻔한 혁련휘를 구해서 도망친 것 또한 그녀가 아니던가.

그리고 사실 지금의 신도율은 알지 못하지만 이만에 달

하는 병력으로 중원 곳곳에 지원을 나선 것 또한 비설이 이끄는 북천회였으니, 만약 그 사실까지 안다면 신도율은 그녀를 죽이지 않은 사실을 더욱더 뼈저리게 후회했을 것이다.

"망해 버린 정파의 후예가 사사건건 방해로구나."

이번 전쟁의 첫 목표가 혁련휘라면, 그다음은 비설이 될 것이다.

그녀 때문에 신도율의 계획이 어그러진 것이 한두 가지가 아니었던 탓이다.

비설이 망쳐 버린 사사혈교의 영토에서 힘겹게 눈을 뗀 신도율이 명령을 내렸다.

"우리도 나가 있는 이들을 복귀시키지."

마교 소속의 무인들이 아닌 신도율 개인이 만든 무력 단체들도 복귀시켜야 할 때가 된 것이다.

"그리하겠습니다."

고경천이 짧게 대답하며 자리에서 일어나려고 할 때였다.

신도율이 말을 이었다.

"이번엔 녀석들도 예외는 아니야. 전부 돌아오라고 해."

"설마…… 진풍비마대(震風飛魔隊)까지 말입니까?"

"맞아. 아무래도 이번 싸움에 놈들의 힘도 필요할 것 같아서 말이야."

진풍비마대는 신도율 휘하에 있는 무력 단체 중에서 가장 강한 이들이다. 일전에 비설이 궤멸시켰던 혈갑도수대에 비해 숫자도 훨씬 많고, 개개인의 무력 또한 뛰어나다.

일당백의 괴물들로 이루어진 이들.

마교와는 다소 떨어진 곳에서 대기하고 있는 그들을 이번 싸움을 위해 복귀시키는 것이었다. 중요한 일을 맡긴 채로 보내 둔 상황이라 가능하면 그들까지 돌아오게 하고 싶진 않았지만……

상황이 상황이다 보니 어쩔 수 없는 결단을 내려야만 했다.

진풍비마대까지 복귀시키라고 이야기했던 신도율이 이내 퍼뜩 생각난 듯이 말을 이었다.

"아, 그리고 또 하나 준비할 게 있어."

"준비할 것이라면 무엇을 말씀하시는지요?"

"아무래도 시간을 끌어야 할 필요가 있어서 말이야."

지금 혁련휘가 이끄는 이들의 속력이라면 열흘 이내에 이곳 마교 본성 앞에까지 도달할 것이다. 뒤늦게 불러들이는 병력들까지 싸움에 합류시키기 위해서는 조금이라도 시간을 더 벌 필요가 있었다.

추가적인 시간을 벌기 위한 하나의 계책.

신도율이 말했다.

"외성에다가 방패를 만들 생각이야."

"……방패요? 그게 무슨 도움이 되겠습니까?"

고경천이 그게 무슨 의미가 있냐고 되물었다.

그리고 우치는 궁금하다는 표정으로 신도율을 바라봤다.

오직 유영인만이 무뚝뚝한 얼굴로 이야기를 듣고만 있을 뿐이었다.

그런 그 셋을 향해 신도율이 말했다.

"내가 만들려는 건 보통의 방패가 아니야. 그런 건 혁련 휘의 발목을 잡지 못할 테니까. 지금 내가 말하는 방패라는 건…… 인간 방패다."

"예?"

고경천이 놀란 듯 눈을 치켜떴다. 그리고 이내 이야기를 듣고 있던 우치가 뭔가 알아차렸다는 듯 박수를 치며 웃음을 터트렸다.

"큭큭! 대장, 정말 재미있는 생각을 해 내셨군요."

박장대소를 터트린 우치.

그에 비해 관심 없다는 듯 서 있던 유영인의 표정은 더욱 싸늘하게 변해 있었다.

지금 자신의 귀로 들려온 그 말을 믿고 싶지 않았다. 그렇지만……

유영인이 결국 물었다.

"인간 방패라면 설마……."

"마교 외성에 살고 있는 여자와 어린아이들을 전면에 내세울 생각이다. 그들을 묶어서 외성에 고정시켜 둘 생각이다. 외성을 부수고 들어오려면 아마도 그들을 모두 죽게 만들어야겠지."

"……대장!"

쾅!

더는 못 참겠는지 유영인이 주먹으로 대전의 기둥을 후려쳤다.

웃고 있던 우치의 얼굴이 그런 그녀의 행동에 차갑게 변했다.

우치가 유영인을 향해 한 걸음 다가가며 입을 열었다.

"너, 지금 대장한테 뭐하는 거냐."

"넌 빠져. 난 대장하고 할 이야기가 있으니까."

"하아. 이게 누구보고 빠지라 마라야. 고경천 저 새끼보다는 그래도 낫다고 좀 봐줬더니만 내가 만만하게 보이나봐?"

우치가 목을 꺾으며 유영인을 향해 한 걸음 더 다가설 때였다.

가만히 그런 그들에게 시선을 주고 있던 신도율이 입을

열었다.

"우치, 그만."

"……쳇."

유영인을 향해 주먹이라도 휘두를 것처럼 살기를 뿜어 대던 우치는 신도율의 한마디에 결국 올렸던 손을 내리고 는 몸을 돌려야만 했다.

신도율이 의자에 앉은 채로 자신의 아래에 서 있는 유영 인을 차갑게 바라봤다.

최근 들어 계속해서 삐거덕거리던 사이.

마음 같아선 죽여 버릴까 싶기도 했지만…… 아직은 때 가 아니다.

유영인을 죽여도 최소한 이번 혁련휘와의 싸움은 끝낸 이후가 되어야 했다.

그녀의 실력은 자신들에게 큰 도움이 될 테니까.

신도율이 차갑게 말했다.

"아무리 너라도 이런 무례는 용서 안 해. 이번만은 봐주 지만 다시 이렇게 굴면……."

"저와 한 약조는 대장에게 아무것도 아닌 겁니까?"

"약조?"

"제가 왜 대장에게 합류했는지 아시잖아요. 전……."

"또, 또 그 소리!"

신도율이 버럭 소리를 내질렀다.

그녀가 무슨 말을 하려는지 너무도 잘 알고 있다.

힘없는 어린아이들을 위한 세상을 만들겠다고 싸워 온 유영인이었으니까.

그런 그녀의 입장에서 무공을 모르는 여인과, 어린아이를 방패 삼아 혁련휘의 공격을 늦추겠다는 제안이 마음에 들 리가 없었다.

유영인의 반대는 이미 예상했던 바.

그렇지만 신도율은 자신의 계획을 바꿀 생각이 없었다.

지금은 이것이 시간을 끌 수 있는 최선의 방책이라 믿었으니까.

신도율이 유영인을 노려보며 말을 이었다.

"몇 번이고 말하지 않았더냐. 네가 말하는 그런 세상을 만들기 위해서는 어느 정도의 희생이 있어야 한다고. 이번에 그 희생을 감수하고 혁련휘를 죽인 이후 그다음에 그런 세상을 만들면 되는 일 아니더냐."

"……대체 그다음이 언제입니까?"

다음, 다음!

정말 지겹게도 들었던 말이다.

자신이 이 같은 말을 할 때마다 신도율은 말했다.

이 일을 끝낸 다음에, 이번에 벌어진 사건을 매듭지은 다음에.

한 번에 세상이 바뀔 거라 여기진 않았다.

그렇지만 아주 조금이라도, 변화를 위한 노력이라도 보여야 하지 않는가. 허나 신도율은 그 조그마한 노력조차도 하지 않았다.

마치 자신이 꿈꿔 왔던 세상에는 전혀 관심이 없는 것처럼.

되묻는 유영인을 바라보며 신도율이 섬뜩한 눈빛을 지어 보였다.

"지금 나에게 따지고 있는 것이냐?"

말을 하는 신도율의 손아귀에서 뇌기가 꿈틀거렸다.

파츠츠!

그 기운이 유영인을 집어삼킬 것처럼 꿈틀거렸고, 신도율의 눈동자도 붉게 물들었다.

당장이라도 싸움이 벌어질 것만 같은 일촉즉발의 상황.

그렇지만 지금은 유영인이 필요한 신도율이었기에 결국 그 살기를 거둬야만 했다.

차갑게 변한 시선으로 신도율이 의자를 박차고 일어났다.

"영양가 없는 이야기를 나눌 여유가 없으니 난 이만 가도록 하지."

말을 마친 신도율이 아래쪽으로 걸어 내려가 자신의 거처 쪽으로 움직였다.

그리고 그의 뒤를 따르려는 듯 우치와 고경천 또한 몸을 돌렸다.

그 상태로 우치가 먼저 입을 열었다.

"그만 까불어. 그러다가 죽는 수가 있으니까."

"……."

유영인의 묵묵부답인 모습을 보며 우치는 가볍게 코웃음을 치며 멀어졌다.

그리고 그런 그의 뒤편에 서 있던 고경천 또한 슬쩍 입을 열었다.

"착한 척 좀 하지 마. 네 손에 묻은 피는 우리한테 묻은 거랑 다르게 깨끗한 줄 알아? 너나 나나 다 더러운 피를 묻히며 이곳까지 온 거다, 유영인."

그 말을 끝으로 고경천 또한 더는 할 말 없다는 듯이 대전을 빠져나갔다.

그렇게 홀로 넓은 대전에 남게 된 유영인이 천천히 자신의 손을 들어 올려 얼굴을 감쌌다.

아무것도 묻지 않은 손이거늘…… 이상하게 피 냄새가 난다는 착각이 든다.

구역질이 치밀어 올랐는지 유영인이 헛구역질을 하기 시

작했다.

"웩, 우웩!"

몇 번이고 헛구역질을 하던 그녀가 힘겹게 허리를 일으켜 세우고는 천장을 향해 고개를 젖혔다.

새로운 세상을 만들겠다는 일념으로 신도율의 아래에서 수많은 이들을 암살했다.

그러한 것들이 자신이 꿈꾸는 세상의 초석이 될 거라 믿어 의심치 않았으니까.

하지만 이제는 알겠다.

'……당신이 아니었어.'

힘없는 아이들을 위한 세상을 만들어 줄 거라는 굳은 믿음을 가지고 합류했던 유영인.

그렇지만 힘을 가진 이후의 신도율의 행동은 그녀에게 말하고 있었다.

그녀가…… 틀렸다고.

4장. 인간 방패

— 궁금해서 말이야

"엄마, 추워."

말을 내뱉는 이는 고작 여섯 살 남짓밖에 되지 않은 자그마한 여자아이였다.

아이는 마교 외성의 벽에 허리가 묶인 채로 꼼짝도 못 하고 있었다.

계절은 가을을 지나, 천천히 겨울을 향해 가고 있을 시기.

낮에는 그럭저럭 괜찮다고 해도 밤의 날씨는 꽤나 싸늘했다. 그런 추운 날씨를 꼬박 밖에서 보냈으니 이처럼 어린 소녀가 버틴다는 건 생각처럼 쉬운 일이 아니었다.

붉어진 얼굴과 손을 보며 아이의 엄마로 보이는 중년 여인은 눈물을 흘릴 수밖에 없었다.

아이를 품에 안은 채로 여인은 위쪽을 향해 소리를 질렀다.

"어, 어르신들! 저는 괜찮습니다. 그렇지만 이 아이만큼은 제발……!"

몇 번이고 소리를 치는 여인을 성 위쪽에서 내려다보는 마교 무인들의 표정 또한 좋을 리 만무했다. 명령이기에 따르고는 있었지만 사실 이번 명령은 납득할 수 없는 것이었다.

다른 것도 아닌 무공도 모르는 힘없는 이들을 방패로 삼는다니……

한마디로 이런 어린아이와, 여인들을 이용해 혁련휘가 외성을 거세게 몰아붙이지 못하게 만들겠다는 계략이 아니던가.

외성에 대한 공격을 쉽사리 하지 못하게 수천 명에 달하는 힘없는 이들이 이 일에 강제로 투입됐다.

아래에서 울부짖은 중년 여인을 바라보던 무인 하나가 자신의 머리를 쥐어뜯으며 중얼거렸다.

"더러워서 못 해 먹겠네."

옆에 있던 사내가 그런 그에게 조심스레 말을 걸었다.

"조장, 이렇게 추운 날씨에 바깥에 계속 세워 뒀다가는 적들이 공격하지 않아도 며칠 못 버티고 죽어 나갈 겁니다."

"젠장, 그걸 나라고 몰라서 이러겠어? 명령인데 어쩔 수가 없잖아."

대답하는 조장 사내 또한 답답한 표정이었다.

인간의 탈을 쓰고 어떻게 이런 작전을 생각한 건지 이해가 가지 않을 지경이다.

이토록 잔인무도한 일을 한다는 것 자체가 내키지 않았지만 지금 마교는 신도율의 명령이 곧 법이었다. 그가 시킨 이상 내키지 않아도 따라야 한다.

조장 사내가 아래에서 울고 있는 많은 이들을 바라보며 착잡한 얼굴로 중얼거렸다.

"차라리 신도율 그놈이 마교를 장악하려고 했을 때 모두가 목숨 걸고 싸웠어야 돼. 칠대천 놈들이 꼬리를 말고 아래로 들어가는 바람에……."

내성으로 잠입한 그들이 거점을 시작으로 하여 수뇌부들을 손에 넣는 바람에 신도율은 너무도 쉽게 마교를 가질 수 있었다.

그리고 그 필두에 섰던 것이 심마환혈공을 익히며 영혼을 빼앗겨 버린 주자악이었다.

막 신도율에 대한 불만을 토해 내던 조장 사내는 옆에서 느껴지는 인기척에 그쪽으로 고개를 돌렸다가 딱딱하게 굳어 버렸다.

자신들에게서부터 대략 다섯 걸음 정도밖에 떨어지지 않은 곳에 자리한 한 여인을 발견해서다.

유영인, 그녀가 말없이 서서 아래에서 울부짖는 이들을 바라보고 있었다.

그녀의 모습을 발견하자 방금 전까지 불만을 토해 내던 두 무인들의 얼굴이 사색이 되었다. 이토록 지척에 위치해 있었으니 자신들이 나누는 대화를 듣지 못했을 리가 없다.

현 교주인 신도율의 최측근 중 하나인 그녀에게 그를 욕하는 걸 들켰으니 무사히 넘어갈 수 없다 생각한 것이다.

두 사내가 어쩔 줄 몰라 하며 벌벌 떨고 있을 때 아래쪽을 응시하던 유영인이 시선을 돌리고 그들에게 다가오기 시작했다.

유영인이 자신들에게 다가오는 걸 본 두 무인의 얼굴은 더욱 굳어졌다.

이런 힘없는 이들까지 아무렇지 않게 방패막이로 사용하는 잔인무도한 자들이다.

당장에 자신들의 목을 날려도 이상할 게 없었다.

안절부절못하는 둘에게 다가온 유영인.

그녀가 자신들의 코앞까지 도달하자 둘은 뭐라 표현하기 힘들 정도로 크나큰 절망감에 휩싸였다.

두 눈을 질끈 감은 그때, 두 사람 앞에 자리한 그녀의 입에서 생각지도 못한 말이 흘러나왔다.

"……밤에 춥더라. 저들에게 따뜻한 옷이라도 전달해 줘."

"그, 그리하겠습니다."

그 말을 끝으로 유영인이 몸을 돌린 채로 성벽 위를 걸어가기 시작했다.

멀어지는 그녀를 놀란 눈으로 바라보던 두 무인은 이내 가슴을 쓸어내렸다.

"뭐야? 왜 아무 말도 안 하는 거지?"

"못 들은 거 아닐까요?"

"에라이, 그럴 리가 있냐."

저런 고수들은 백 보 바깥에 있는 나무에서 떨어지는 나뭇잎 소리마저 놓치지 않는다. 그런 수준의 무인이 거의 바로 옆에서 떠들어 대던 이야기들을 놓쳤을 리가 없다.

분명 엄벌을 받아도 이상할 것이 없었던 대화들.

그런데 그녀는 그것에 대해 전혀 문제 삼지 않은 것이다.

아무렇지 않게 넘어간 유영인의 행동이 이해가 되지 않았지만……

그런 것 따위 아무 상관 없었다.

그녀가 무슨 이유로 그냥 넘어가 줬든 중요한 건 지금 자신들이 무사하다는 것이었으니까.

도통 무슨 생각을 하는지 알 수 없는 그녀.

그녀의 눈동자에는 깊은 어둠만이 번뜩일 뿐이었다.

쿠르르릉.

산이 움직였다.

아니, 흡사 산이 움직이는 느낌이 들 정도로 대규모의 병력이 넓디넓은 대지를 밟으며 목적지를 향해 움직이고 있었다.

여덟 개의 거점을 모두 지나치면서 퍼져 있던 마교의 병력을 하나로 흡수한 혁련휘 휘하에는 계획대로 사만이 넘는 정예 무인들이 자리했다.

그들이 향하는 목적지는 마교.

그리고 긴 여정의 마침표를 찍으려는 듯이 그 사만의 대군에게 점점 익숙한 주변 풍경이 들어오고 있었다.

어느 정도까지 되는 지점에 이르자 선두에 있던 부의민이 움직였다.

이곳에서부터 마교까지의 거리는 고작 한 시진 정도밖에 되지 않는다.

"대기! 대기!"

부의민은 버럭 소리를 내지르며 뒤쪽으로 대기하라는 명령을 내렸고, 이내 그 소리가 뒤쪽으로 퍼지며 병력들은 멈추어 섰다.

목적지가 코앞에 있는 상황이니 부의민 또한 조급한 것은 매한가지였지만, 아직은 마교를 공격할 때가 아니었다.

저곳에서 기다리고 있던 그들에 비해 긴 시간 이곳까지 이동한 자신들은 체력적으로 많이 지쳐 있는 상황이었다.

애초에 정해 둔 대로 이곳에서 며칠 정도 쉬면서 본성 안쪽에서의 미심쩍은 움직임이 있는지 감시하고, 또한 이번 싸움에 대한 작전을 짤 계획이었다.

부의민은 애초의 계획대로 넓은 장소에 자리한 이들에게 쉴 준비를 하라 명했고, 이내 그들은 자신들이 머물 막사를 빠르게 치기 시작했다.

수천 개가 넘는 막사가 공터를 가득 채우고 얼마 되지 않았을 무렵이었다.

멀리에서 먼지를 휘날리며 일련의 무리가 모습을 드러냈다.

그들은 다름 아닌 마교의 상황을 살피라고 먼저 보낸 선발대였다.

그런데 돌아오는 선발대의 표정은 딱딱하게 굳어 있었다.

그리고 복귀한 선발대의 수장 사내가 대표로 곧바로 부의민을 찾았다.

부의민의 막사로 들어간 그가 부복하며 말했다.

"선발대 임무 완료하고 돌아왔습니다."

"생각보다 빨리 왔네?"

아직 해가 채 지기도 전.

부의민은 복귀한 선발대의 수장을 향해 물었다.

"뭐 특별한 건 없지?"

"……있습니다."

"있어?"

상황이 상황이다 보니 웅크리고 있을 거라고만 판단했다.

그래서 외부를 염탐하고 온 선발대에게서 특별한 뭔가가 있다는 보고를 받을 거라고는 전혀 예상치 못했다.

부의민이 되묻자 그가 자신이 보고 온 믿을 수 없는 것에 대해 알렸다.

"외성 성벽에 여인과 아이들을 길게 줄지어 세워 놨습니다."

"……그 말 진짜야?"

"예, 확실합니다. 저 말고 모두가 확인한 부분이니 원하시면 함께 나갔던 다른 녀석들도 데리고 오겠습니다."

"아냐, 됐어. 수고했다. 우선 가서 쉬도록 하고."

"예, 회주님."

자리에서 벌떡 일어난 사내는 포권을 취하고는 곧바로 부의민의 막사를 빠져나갔다. 그리고 홀로 남게 된 부의민은 충격을 받은 표정으로 자신의 턱을 어루만졌다.

"여자와 아이들을 세워 놨다고?"

이건 보통 일이 아니었다.

부의민은 자리에서 벌떡 일어나 곧바로 혁련휘 일행들이 자리하고 있는 막사를 향해 움직였다.

입구를 지키고 있는 무인들을 지나쳐 안쪽으로 향한 부의민은 곧바로 한자리에 모여 있는 혁련휘 일행과 조우했다.

부의민이 짧게 포권을 취하며 예를 갖췄다.

"교주님을 뵙습니다."

다급히 모습을 드러낸 그를 보며 환야가 장난스럽게 물었다.

"뭐 그렇게 헐레벌떡 들어와?"

말을 걸어오는 환야를 힐끔 바라봤던 부의민이 곧바로 혁련휘에게 보고했다.

"방금 나갔던 선발대에게서 보고를 받았는데, 지금 외성의 성벽 주변으로 여인과 아이들을 쭉 세워 놨답니다."

"뭐?"

대답하는 혁련휘의 미간이 꿈틀했다.

그러고는 이내 눈을 찌푸리며 천천히 말을 이었다.

"설마…… 방패막이로 쓰려는 건가?"

"아무래도 그럴 공산으로 보입니다."

"신도율 이 미친 자식이! 대장, 전 곧바로 비파월을 통해 보다 확실한 정보를 얻어 오도록 하겠습니다."

둘의 대화를 듣고 있던 환야가 화를 쏟아내며 자리에서 벌떡 일어났고, 혁련휘는 그런 그를 향해 고개를 끄덕여 보였다.

환야는 곧바로 비파월에 연락을 하기 위해 막사를 빠져나갔다.

환야가 사라진 막사 내부에 흐르는 적막.

방금 전까지만 해도 웃는 얼굴로 자리하고 있던 비설 또한 딱딱하게 굳은 표정으로 막사 바깥을 힐끔거렸다.

혁련휘가 팔짱을 낀 채로 생각에 잠겨 있다 이내 부의민을 향해 물었다.

"무슨 의도로 보여?"

"시간을 끌려는 것 아닐까요?"

"내 생각도 마찬가지야."

혁련휘 또한 부의민의 생각과 같았다.

그렇다면 중요한 것은 그들이 시간을 끌려는 이유가 무엇일까인데…….

'변방에서의 싸움이 끝나길 기다리는 건가? 아니면 또 다른 도움을 줄 이들을 불러 모으려고?'

뭐가 됐든 간에 자신들에게는 불리한 일이 될 것이 분명했다.

부의민은 고민하는 혁련휘에게 조심스레 물었다.

"어떻게 할까요?"

"……우선은 원래의 계획대로 휴식을 취해야지."

적들의 계획이 무엇인지 정확히 알지 못한다.

하지만 그들의 계획이 뭐가 됐든 간에 그것에 휘말려서는 안 된다.

뭘 노리든 당장에는 이곳까지 오느라 쌓인 피로를 푸는 것이 우선이었다.

판단을 내리는 것은 비파월을 통해 정보가 들어온 이후에 해도 늦지 않는다.

다만 걱정은…….

"망할 자식. 날도 슬슬 추워지는 이런 때에 그렇게 약한 사람들을 바깥에……."

말을 내뱉던 부의민이 슬그머니 입술을 깨물었다.

모두가 말은 하지 않았지만 무공도 익히지 않은 연약한

이들이 이번 싸움에 이용된다는 사실에 분노가 치밀고 있었다.

*　　*　　*

하루의 시간이 지났다.

마교의 인근에 자리를 잡은 상황에서 혁련휘를 따르는 사만의 대군들은 이곳까지의 긴 여정 동안 쌓인 여독을 푸느라 바빴다.

그렇지만 그들 사이에서도 이미 마교 외성에서 벌어져 있는 일들에 대한 소문은 빠르게 퍼져 나간 상황이었다.

당연히 신도율의 그런 행동에 분개했고, 언제라도 싸울 준비가 되었다며 큰소리를 내고는 있었지만 혁련휘는 아직까지 별다른 움직임을 보이지 않고 있었다.

그가 죽은 듯이 기다리고 있는 것.

그건 다름 아닌 비파월의 연락이었다.

그리고 마교 내부에 있는 비파월 비밀 지부와 거리가 가까웠던 덕분에 정보를 얻어내기 위해 연락을 넣은 지 하루만에 필요한 모든 것들이 날아왔다.

혁련휘의 막사에 모두가 모여 있었고, 연락을 받기 위해 나갔던 환야가 그들이 전서구를 통해 보낸 서찰을 들고 모습을 드러냈다.

그가 곧바로 서찰을 혁련휘에게 내밀었다.

"이게 최근 마교 내부에서 벌어진 일들이랍니다."

혁련휘는 곧바로 서찰을 건네받고는 이내 안에 적힌 내용들을 확인했다.

서찰 안에는 이번 인간 방패 사건을 비롯하여, 내부의 분위기가 흉흉하다는 점과 혁련휘의 병력이 예상의 갑절을 웃돈다는 사실을 뒤늦게 알고 외부에 나가 있던 이들에게 귀환 명령을 내렸다는 것까지 적혀져 있었다.

가까이 있었던 이들은 이미 귀환했고, 추가적으로 또 일부가 돌아올 예정이라는 것이었다.

'예상대로군.'

이토록 시간을 끄는 것이 또 다른 이들을 복귀시킬 시간을 벌려는 행동이 아닐까 의심했다. 그리고 그런 의심은 정확하게 맞아떨어졌다.

서찰의 내용을 끝까지 확인하고서야 혁련휘가 천천히 종이에서 눈을 뗐다.

그러고는 자신에게 집중하고 있던 이들을 향해 서찰에서 본 내용들을 전했다.

"외부에 나가 있던 이들을 귀환시킬 시간을 벌고 있는 모양이야."

"그럼 어떻게 할까요? 이대로 보고 있을 수는 없잖습니까."

부의민의 말에 혁련휘는 고개를 끄덕였다.

시간이 길어질수록 불리한 것은 결코 자신들 쪽이 될 것이다.

북해빙궁이 개입해 준 덕분에 변방 또한 꽤나 오랜 시간 버텨 낼 수는 있겠지만, 결국 비어 버린 무인들의 숫자만큼이나 빈틈이 생길 수밖에 없다.

계속해서 피해가 쌓이다 보면 언젠가 틈이 생길 테고, 그곳을 통해 많은 숫자의 새외 세력들이 자신들의 뒤를 노리고 다가올 수도 있다.

그러한 사실을 알기에 여독을 푼 이후 어떻게든 마교 본성을 장악하기 위해 서둘러 움직여야 했지만…… 문제는 역시나 그들이 방패막이로 쓰기 위해 세워 둔 힘없는 이들이었다.

치고 들어오는 혁련휘 일행을 막기 위해 외성에 그들을 묶어 둔 채로 시간을 끌 것은 분명할 터.

외성의 성벽을 부수는 건 사실 혁련휘에겐 일도 아니었다.

그렇지만 그렇게 된다면 그곳에 있는 힘없는 이들은 모두 돌에 깔려 죽게 될 것이다.

애초부터 신도율이 노렸던 건 바로 이러한 부분이었을 게 분명했다.

혁련휘가 천천히 입을 열었다.

"내부에서 흔들 수만 있다면……."

방법이 있다면 그게 최선이었다.

마교의 외성과 내성. 두 곳을 뚫기 위해서는 각자의 성벽을 막고 있는 두 개의 문을 건너야만 한다는 걸 의미했다.

그렇지만 마교의 문턱을 넘는다는 건 결코 쉬운 일이 아니었다.

외성도 그렇지만 특히나 내성은 더욱더 견고한 방어선이 구축되어 있을 게 분명했다.

안쪽에서의 도움 없이 힘으로만 뚫으려 한다면 이쪽 또한 적잖은 피해를 감수해야 할 터.

긴 생각에 잠긴 채로 혁련휘가 말없이 자리하고 있던 그때 바깥에서 기척이 느껴졌다.

환야가 그쪽을 바라보며 입을 열었다.

"누구야?"

"외성을 확인하러 나갔던 선발대입니다."

"들어와."

환야가 대답하자 막사의 경계를 서고 있던 무인이 길을 터 줬고, 덕분에 마교의 상황을 다시금 살피기 위해 움직였던 이가 막사 내부로 들어설 수 있었다.

성큼성큼 들어선 그는 가장 먼저 혁련휘를 향해 예를 취했고, 이내 날아드는 부의민의 질문에 답해야만 했다.

"여전히 그대로야? 이 추운 날씨에 그 사람들은 계속 그곳에 묶어 뒀고?"

"예, 그렇습니다."

"하아, 원래부터 맘에 안 들었지만 갈수록 더 맘에 안 드네."

부의민이 부득부득 이를 갈았다.

화가 치솟았지만 지금은 감정적으로 나서기보다는 침착하게 다음 계획을 준비해야만 할 때였다.

부의민이 물었다.

"어쩔까요? 이대로 병력을 몰아치면……."

"묶여 있는 이들이 위험하겠지."

"혹 생각해 두신 다른 뭔가가 있으신 겁니까?"

"고민 중이야. 하지만 적어도 놈들이 방패막이로 세운 사람들을 죽이면서 들어갈 생각은 없어. 그러니 다른 방책을 찾아봐야지."

혁무조가 혁련휘에게 부탁한 것은 마교라는 이름뿐만이 아니다.

그가 진정으로 지켜 달라고 했던 건 그 마교라는 이름 아래에 살아가는 수도 없이 많은 사람들이었다.

그리고 지금 신도율의 계책으로 인해 방패처럼 세워진 그 힘없는 이들이 바로 혁련휘가 지켜야 할 그들 중 일부였다.

마교의 교주라는 것은 권력만을 누리는 자리가 아니니까.

교주란 마교에 살아가는 평범한 사람들과, 무인들 모두를 아우르고 지켜야 하는 중대한 책임이 따르는 자리였다.

환야가 조심스레 말했다.

"시간이 끌릴수록 불리해질 겁니다."

"알아."

알지만 생각은 바뀌지 않는다.

혁련휘가 천천히 말을 이었다.

"……나는 교주니까. 내가 그들을 지켜야지."

혁련휘의 그 말에 부의민은 괜히 코끝이 찡해지는지 손등으로 얼굴을 매만졌다.

잠시 혁련휘에게 시선을 주고 있던 부의민은 이내 아직까지 자리하고 있던 선발대 사내를 향해 나가 보라는 듯 손짓하며 말했다.

"고생했어. 이만 가 봐."

부의민의 말에도 잠시 멍하니 서 있던 그는 이내 정신을 차렸는지 고개를 끄덕였다.

"예, 그럼 이만 물러가 보겠습니다."

포권을 취한 사내가 막사 바깥으로 나가기 위해 걸음을 옮겼을 때였다.

"어이."

막사 바깥으로 걸어 나가려던 사내가 갑자기 들려온 혁련휘의 부름에 멈칫하더니 몸을 돌렸다. 그가 조심스레 입을 열었다.

"절 부르신 겁니까?"

"그래. 하나 더 묻고 싶은 게 있어서."

"말씀하시지요."

대답을 듣는 순간 혁련휘가 천천히 자리에서 일어났다.

그러고는 슬쩍 자신의 허리춤에 있는 파멸혼에 손을 가져다 대며 입을 열었다.

"궁금해서 말이야."

"……?"

"너 정체가 뭐야?"

갑작스러운 혁련휘의 말에 여태까지 무심했던 이들의 눈동자에 순간적으로 이채가 서렸다.

자리에 앉아 있던 나머지 일행들이 동시에 의자를 박차고 일어났다.

돌변한 분위기에 사내가 당황한 듯 더듬거렸다.

"가, 갑자기 그게 무슨 말씀이신지요?"

"계속 연기할 생각이야? 그럼 나도 더는 안 기다려 주고."

말을 끝낸 혁련휘가 파멸혼을 슬그머니 반쯤 뽑아 들었다.

"주인, 달치에게 말해라. 달치가 저놈 혼내 준다."

달치는 준비됐다는 듯 팔을 걷어붙인 채로 눈을 빛냈다.

상황이 이렇게 흘러가자 당황한 표정을 짓고 있던 사내의 얼굴이 빠른 속도로 무표정하게 변하기 시작했다.

그가 입을 열었다.

"……소문대로 대단하군요. 그쪽에서 먼저 날 알아차릴 거라고는 생각도 못 했거든요."

갑자기 변한 사내의 목소리.

그런데 그 목소리는 놀랍게도 사내가 아닌 여인의 것이었다. 그리고 목소리를 듣는 순간 환야는 눈살을 찌푸렸다.

이 목소리, 분명 자신이 알고 있는 것이었으니까.

사내의 외모를 한 채로 여인의 목소리를 내던 정체불명의 인물이 서서히 손을 들어 자신의 얼굴을 감쌌다.

그러고는 이내 피부를 벗기듯이 강하게 잡아당겼다.

찌이익.

소리와 함께 떨어져 나간 인피면구.

그리고 인피면구가 떨어진 곳에서 모습을 드러낸 한 여인.

그녀의 정체는…….

"누님?"

환야가 당황한 듯 중얼거렸다.

놀랍게도 유영인 그녀가 직접 자신의 발로 이곳 혁련휘의 막사에 찾아든 것이었다.

상대의 정체를 알았지만 그랬기에 더더욱 방심할 수 없었다.

유영인은 환야에게 친누이와 다름없는 인물이기도 했지만, 지금은 신도율의 아래에서 뜻을 함께하는 적이었으니까.

혁련휘가 입을 열었다.

"그대가 유영인이군."

무덤덤한 혁련휘의 목소리, 옆에 있던 비설이 고개를 빼꼼 들이민 채로 슬그머니 물었다.

"형님이랑 환야 아저씨 두 분 다 알고 계신 것 같은데 이분은 누구세요?"

자하도에서 나온 세 사람과는 달리 유영인이라는 존재에 대해 비설과 부의민은 전혀 알지 못했다.

물어 오는 비설에게 시선을 던진 유영인의 눈동자에 이채가 서렸다.

비설은 유영인을 보는 게 처음이었지만, 그녀는 아니었다.

비설이 혈갑도수대와 싸운 이후 큰 부상을 입고 혼절해 있었던 당시 그녀를 죽이기 위해 잠입했었던 유영인이다.

물론 환야의 방해로 그녀를 죽이려던 계획은 실패로 돌아갔지만.

첫 만남은 아니지만, 이렇게 멀쩡한 상황에서 마주하게 된 그녀는 생각보다 더욱 밝은 여인이었다.

하지만 겉모습으로만 판단하기에 이 비설이라는 인물은 너무나 위험투성이였다.

우치가 도망쳐야 했던 상대이자, 신도율이 준비했던 많은 계획들을 어그러지게 만든 존재.

그랬기에 신도율이 반드시 죽이겠다고 이를 가는 상대가 아니던가.

유영인이 비설을 향해 말을 걸었다.

"반가워요. 이렇게 만나긴 처음이군요."

"……저랑 만난 적이 있으세요?"

"그럼요. 꽤나 오래전에 한 번 봤었죠. 그때 제가 당신을 죽이려고 했었거든요."

웃으며 던진 한마디.

그렇지만 그로 인해 막사 내부의 분위기가 싸늘하게 식어 버렸다.

혁련휘는 이미 환야에게 전해 들어 그 사실을 알고 있었지만 나머지는 아니었다. 비설을 노렸었다는 말에 달치와 부의민의 표정이 험상궂게 변했다.

"교주님, 대체 이 여자는 누굽니까?"

부의민이 캐묻자 혁련휘를 대신하여 환야가 대답했다.

"자하도에서 나와 함께 자란 친누이 같은 사람이야. 그리고 지금은 신도율의 아래에 있지."

"신도율의 아래에 있다고?"

부의민이 놀라 되묻고는 이내 싸늘한 눈빛으로 그녀를 응시했다.

지금 혁련휘와 신도율은 목숨을 건 싸움을 벌이고 있다.

이런 상황에 자신들을 찾아온 이 유영인이라는 존재가 곱게 보일 리 만무했다.

따지고 들 것이 수도 없이 많았지만 부의민은 애써 그런 말들을 억눌렀다.

지금 대화를 이끌어 나가야 할 것은 자신이 아닌 교주인 혁련휘라는 걸 잘 알기 때문이다.

부의민이 침묵하자 유영인이 혁련휘에게 물었다.

"그런데 제 정체는 어떻게 알아차린 거죠?"

유영인은 그것이 내심 궁금했다.

인피면구는 완벽했고, 목소리 또한 전혀 어색하지 않다여겼다.

그런데 그 짧은 순간에 혁련휘가 자신의 정체를 파악한것이다.

유영인의 질문에 혁련휘가 곧바로 답했다.

"걸음걸이. 최대한 감추려 한 모양인데…… 보통 무인들의 것과는 달랐거든. 보통 그런 걸음걸이는 살수들이 쓰곤하니까."

정말 미세한 차이였을 뿐이다.

신경 쓰고 살폈어도 놓쳤을 법한 그 자그마한 부분을 혁련휘는 정확하게 간파했던 것이다.

자신의 정체를 단번에 알아차리는 날카로움을 직접 보게되자 유영인은 한편으로 마음이 놓였다. 신도율과 싸워야할 상대, 보통의 사람이어선 승산이 없었으니까.

정체가 들통났지만 유영인은 사실 별 상관이 없었다.

애초에 이곳에 왔다는 것 자체가 혁련휘를 만나기 위함이었고, 정체를 숨기고 다가온 건 그의 생각을 알고 싶어서였다.

환야는 혁련휘를 따른다.

자신의 편으로 들어오라는 제안조차도 듣지 않을 정도로 환야에게는 혁련휘에 대한 굳건한 믿음이 있었다.

그렇지만 그건 그의 관점에서일 뿐이다.

그녀는 보고 싶었다.

혁련휘라는 사내가 어떠한 자인지, 그리고 또 어떠한 꿈을 꾸고 있는지를.

만약 혁련휘가 신도율과 다를 게 없는 사내였다면 유영인은 굳이 그를 도울 생각이 없었다. 어차피 누가 됐든 변하지 않는 세상이라면…… 싸워야 할 이유가 없었으니까.

하지만 짧은 만남 속에서 그들 사이에서 오고 간 대화들.

그건 분명 자신과 신도율이 나누었던 것들과는 분명히 달랐다.

특히나 혁련휘가 던졌던 그 한마디.

마교의 교주이기에 그들을 지켜줘야 한다는 그 말이 유영인의 마음을 뒤흔들었다.

혁련휘와 그를 따르는 이들이 자신이 원하는 세상을 만들 것인지는 확신할 수 없지만, 최소한 신도율이 만들어 가는 세상보다는 훨씬 더 나은 미래를 꿈꾼다는 것 정도는 쉽사리 알 수 있었다.

적어도 혁련휘가 만들 세상에서는 저토록 힘없는 이들이 무인들의 싸움에 이용되고 버려질 방패막이는 되지 않을 테니까.

유영인의 질문에 답했던 혁련휘가 이번엔 반대로 그녀에게 물었다.

"내 대답은 들었으니 이제 슬슬 이곳까지 찾아온 목적을 말하지그래."

혁련휘의 말에 유영인은 짧게 고개를 끄덕였다.

그녀 또한 길게 이야기를 나누고 있을 여유가 없었으니까.

"하나 알려 주고 싶은 게 있어서요."

"그게 뭐지?"

물어 오는 혁련휘를 향해 유영인이 낮은 목소리로 입을 열었다.

"마교 외성과 내성을 비밀리에 드나들 수 있는 비밀 통로가 있어요."

유영인의 그 한마디에 혁련휘는 물론이거니와, 막사 내부에 있는 모두의 눈동자가 커졌다.

신도율이 마교를 장악할 때 사용했던 비밀 통로.

그리고 그 비밀 통로는 지금의 혁련휘에게 가장 필요한 것이기도 했다.

혁련휘가 일어났던 자리로 돌아가 앉았다.

그러고는 비어 있는 의자를 가리키며 말했다.

"앉아. 아무래도 이야기가 길어질 것 같군."

＊　　　＊　　　＊

유영인의 거처를 찾아온 우치는 비어 있는 그녀의 방을 확인하고는 표정을 구겼다.

"뭐야? 또 자리 비운 거야?"

며칠 전부터 우치는 시간 날 때마다 유영인의 거처를 찾았다.

그런데 운이 나쁜 건지, 아니면 그녀가 이곳에 잘 오지 않는지 도통 얼굴을 볼 수가 없었다.

우치의 옆에 자리하고 있는 유영인의 처소를 관리하는 하녀의 표정은 당황스러움으로 가득했다.

없다고 몇 번이나 말했건만 무작정 밀고 들어오는 그를 막을 힘이 있을 리가 없었다.

우치는 방 내부를 다시 한 번 휘이 둘러보고는 이내 짜증 난다는 듯이 투덜거렸다.

"망할, 나한테 일거리는 다 떠맡겨 놓고 혼자 뭐하고 다니는 거야? 어이, 너 유영인 어디에 간지 알아?"

"그, 글쎄요. 그저 최근에 외성 부근에 자주 가시긴 했지만 지금 어디에 가셨는지는……."

우치의 우악스러운 얼굴이 다가오자 하녀가 놀란 듯 더 듬거렸다.

이야기를 전해 들은 우치는 귓구멍을 새끼손가락으로 후벼 대며 비웃음을 흘렸다.

"아직도 미련을 못 버렸나 보네. 한심하긴."

사실 우치는 유영인의 행동들이 이해가 가지 않았다.

대체 인간 방패로 사용되는 그깟 놈들이 뭐가 중요하다고 신도율에게 불만을 표출한단 말인가.

그런 힘없고 하찮은 놈들 따위야 수천 명, 아니 수만 명이 죽는다고 해도 세상은 조금도 변하지 않는다.

오히려 그런 수를 사용해서 혁련휘의 발을 잡아 둔 신도율의 계책에 오히려 박수를 쳐 줘도 모자랄 판에 항명이라니…….

"쩝."

연락을 해도 오지 않아 직접 찾아왔거늘 결국 보지 못하고 돌아가게 된 사실이 내키지 않았는지 우치가 입맛을 다셨다.

그렇지만 없는 그녀를 어떻게 할 수도 없는 노릇이었기에 그는 발길을 돌려야만 했다.

유영인의 거처에서 나온 우치는 곧바로 내성 곳곳의 상황을 확인하기 위해 직접 걸음을 옮겼다. 평상시 그리 걷는 걸 좋아하지 않는 그였기에 다시금 짜증이 치밀었다.

원래대로라면 이 임무는 유영인에게 맡기고 자신은 보다 편안한 일을 하고자 했다.

그렇지만 그녀가 없어서 이 같은 임무를 전달하지 못했으니, 그 모든 것들이 고스란히 자신의 책임이 되어 버렸다.

밤새 마교 내성 곳곳을 돌아다니며 잡다한 일을 해야 한다는 생각에 불만 가득한 표정을 지어 보였다.

"하여튼 도움이 안 돼요, 도움이."

혁련휘의 병력이 이미 마교 인근에 도달한 채로 싸울 태세를 하고 있는 상황.

해야 할 일이 산더미와도 같은 지금 계속해서 자리를 비우는 유영인의 태도가 못마땅한 것은 당연했다.

짜증이 치솟긴 했지만 결국 우치는 혼자서 마교 내부의 상황을 확인하기 위해 바삐 움직였다.

내성을 지킬 병력들이 적재적소에 위치해 있는지, 혹여나 외성에서 가지고 들어와야 할 물건들은 없는지를 확인하는 것이 가장 중요한 일이었다.

늦은 밤이 되었음에도 불구하고 많은 무인들이 철통같이 경계를 서고 있었다.

내성의 성벽을 지키는 대부분은 칠대천 소속의 정예 무

인들이었다.

그들은 시간대별로 각자 무리를 지어 내성 성벽을 책임지고 맡았다.

그런 그들의 교대 시간을 비롯하여 숫자까지 꼼꼼하게 확인한 우치는 다음 목적지를 향해 걸음을 돌렸다.

약 이각가량을 걷던 우치가 도착한 곳은 다름 아닌 물자를 보관하는 창고 중 하나였다. 아무렇지 않게 창고로 들어서던 우치는 낯익은 얼굴 하나를 발견할 수 있었다.

중년 사내를 향해 우치가 손을 들어 올렸다.

"여어."

"엇, 오셨습니까?"

"네가 여긴 어쩐 일이야."

관무평(關武平)이라는 이름을 가진 그는 마교 소속의 무인이 아니라 신도율이 오래전부터 키워 온 세력에 속해 있던 인물이다.

당연히 이번에 신도율이 마교를 장악하는 데 있어서도 중요한 역할을 하기도 했다.

마교 바깥에서부터 내성까지 이어진 비밀 통로가 있는 창고를 관리하던 이가 바로 관무평이었으니까.

말을 걸어오는 우치를 향해 관무평이 입가에 미소를 머금고 대답했다.

"교주님이 예전처럼 관리하라고 명을 내리셨거든요. 그래서 물건을 조금 채워 두려고요."

"물건을?"

"예, 아무래도 계속해서 빈 창고로 놔두기에는 보는 눈이 많아서 좀⋯⋯."

비밀 통로 자체가 외부로 새어 나가서는 안 될 일인지라 관무평은 에둘러 말했다.

그리고 우치 또한 그런 그가 하는 말의 의미를 모르지 않았다.

"아아, 그렇군."

신도율이 마교에 들어오기 이전부터 키웠던 직속 수하들이야 그 비밀 통로를 통해 내부로 들어왔으니 그것에 대해 알고 있지만, 마교의 무인들 중 그 누구도 그 같은 게 존재한다는 사실을 알지 못했다.

아직은 이 비밀 통로가 필요할 수도 있다 여긴 신도율이 평범한 창고로 다시금 위장하게 만들려는 게 분명했다.

우치는 고개를 끄덕이며 물자 창고 내부를 살폈다.

그리고 마찬가지로 그의 옆에 자리한 관무평 또한 준비해 온 수레에 일정량의 물건들을 실었다.

대충 확인을 끝낸 우치가 관무평이 실은 물건들 옆으로 다가와서는 말했다.

"그나저나 대장은 아직도 거길 중히 생각하긴 하는 모양이네. 널 직접 불러서 그런 명령을 내리신 걸 보면."

"직접은요. 요즘 교주님이 얼마나 바쁘신데 제깟 놈이 알현할 수 있겠습니까."

말도 안 되는 소리라는 듯 손사래를 치며 말하는 관무평의 모습에 우치가 이해한다는 듯 고개를 끄덕였다.

생각해 보니 혁련휘가 병력을 이끌고 움직인 이후 신도율은 무척이나 바빠졌다.

자신 또한 만나려면 미리 약속을 구해야 할 정도로 말이다.

고개를 끄덕이던 우치가 퍼뜩 생각난 듯이 물었다.

"아, 그러면 이건 예전에 명령 내리신 건가?"

"아뇨. 오늘 전해 들었습니다."

"오늘?"

"예, 유영인 회주께서 찾아오셔서 교주님의 명이라고 전해 주셨지요."

"유영인이?"

그녀의 이름을 전해 듣자 우치는 눈살을 찌푸렸다.

지금 이렇게 혼자 고생을 하고 있는 것 전부가 유영인 때문이었는데, 그녀의 이름을 듣자 잊고 있던 짜증이 다시금 치민 것이다.

우치가 물었다.

"그 녀석 어디 있는지 알아?"

"저에게 교주님의 명령을 전해 주시고, 잠시 나가셨습니다."

"나가? 어딜?"

되묻는 우치를 보며 주변을 확인한 관무평이 작은 목소리로 말했다.

"외성 바깥에 잠시 볼일이 있으시다며 그쪽 길을 통해 빠져나가셨습니다."

"팔자도 좋네. 이런 상황에 바깥 외출이라니."

우치는 바삐 움직이는 자신과 다르게 바깥이나 나가 한적한 시간을 보내고 있을 유영인을 생각하며 다시금 슬슬 부아가 치밀어 오르는 걸 느꼈다.

더는 못 참겠는지 우치가 몸을 틀었다.

모든 일을 맡기고 아무것도 하지 않는 유영인에게 한 소리를 하지 않고서는 이 더러운 기분이 풀리지 않을 것 같아서였다.

어차피 신도율에게서 받았던 임무도 대부분 끝났기에 우치는 다시금 유영인의 거처로 가서 그녀가 돌아올 때까지 기다릴 생각이었다.

거친 발걸음으로 유영인의 거처를 향해 걸어가던 우치의

몸이 아주 조금씩 느려지기 시작했다.

씩씩거리던 숨 또한 잦아들고, 느려지고 있던 발걸음이 마침내 멈추었을 때.

제자리에 선 우치의 표정은 차갑게 식어 있었다.

뭔가 이상한 점을 직감적으로 알아 버린 탓이다.

그가 나지막이 입을 열었다.

"……갑자기 구린 냄새가 나는데."

5장. 작전 개시
— 믿어

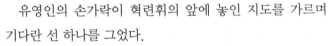

유영인의 손가락이 혁련휘의 앞에 놓인 지도를 가르며 기다란 선 하나를 그었다.

이 지도는 마교 인근만을 자세히 그려 놓은 것으로, 비파월을 통해 오랜 시간을 들여 간신히 구한 정교한 물건이었다.

그녀의 손가락이 지나갔던 길목을 물끄러미 바라보던 혁련휘가 입을 열었다.

"이곳에 비밀 통로의 입구가 있다고?"

유영인의 손가락이 처음 짚었던 곳은 마교 외성으로부터 어느 정도 떨어진 위치로 꽤나 인적이 드문 장소였다.

허나 아무리 인적이 드물다고는 해도 그래도 마교와 그리 떨어지지 않은 곳. 이런 곳에서부터 시작되는 비밀 통로가 있다는 사실에 혁련휘는 적잖이 놀란 눈치였다.

"네, 이곳에는 몇 개의 가옥들이 있는데 거기 있는 모든 집들이 신도율의 소유예요."

실제로 이 가옥들에는 사람들이 살고 있긴 하지만 그들은 모두 신도율의 사람들이었다. 비밀 통로가 만들어지는 과정을 보고, 도운 이들.

유영인이 말을 이었다.

"이곳에서부터 지하를 통해 길게 이어진 길이 마교 외성과, 내성 각각의 장소에 도달할 수 있게 되어 있죠. 그리고 신도율은 주인이 사라진 마교를 집어삼키는 데 이 비밀 통로를 유용하게 사용했고요."

"그 통로의 크기가 얼마 정도 되지?"

"그리 크지 않아요. 당시 마교로 잠입하게 만들었던 신도율의 수하들은 대략 오천 정도였죠. 그렇지만…… 지금은 그렇게 여유 있게 잠입시킬 상황은 아니고요."

마음 놓고 비밀 통로를 사용했던 그때와 지금은 상황이 다르다.

외성이야 그렇다고 쳐도 내성으로 이어진 그 비밀 창고는 혈뢰주가에 위치한 창고로 이어진다.

아무리 은밀히 움직인다 해도 그쪽에 자리하고 있는 신도율 측의 눈을 피해 수천에 달하는 병력을 그 작은 비밀 통로를 이용해 움직이게끔 하는 건 불가능하다.

일전에 신도율이 오천이나 되는 병력을 시간을 들여 그 비밀 통로를 통해 잠입시킬 수 있었던 건 이미 혈뢰주가의 가주인 주자악이 신도율에게 넘어온 상황이었기에 가능했던 일이다.

좁은 통로, 그리고 들키지 않고 움직이는 것까지 감안한다면…….

"오백, 그 이상은 무리예요."

"오백……."

혁련휘가 나지막이 그 오백이라는 숫자를 되뇌었다.

외성과 내성을 모두 열어야 하는 상황.

그 오백이라는 숫자는 적다고 보기도, 그렇다고 해서 많다고 하기에도 애매한 수치였다.

허나 분명한 건 인간 방패들을 세워 둔 채로 외성을 돌파하지 못하게 만들어 놓은 상황에서 안쪽에서부터 뒤흔들 수만 있다면 그건 최상의 계획임이 틀림없었다.

유영인을 통해 마교 내부로 들어갈 비책 하나를 알아낸 지금, 분명 성공만 한다면 길게 이어질지도 모를 이 싸움을 최소한의 피해로 끝맺음할 수도 있다.

하지만 혁련휘는 섣불리 이 작전에 대한 세밀한 구상에 들어가지 않았다.

그 전에 매듭지어야 하나의 상황.

그건 바로 지금 눈앞에 있는 이 여인, 유영인이라는 존재에 대한 근본적인 문제 때문이었다.

그녀는…… 아군이 아닌 적군이었으니까.

아무리 구미가 당기고, 지금 상황에서 이토록 매혹적인 비책이 없다 해도 무조건적으로 믿을 순 없는 상대였다.

매혹적이라는 건 한마디로 그만큼 침착함을 잃을 수 있다는 것과 같았으니까.

"좋아, 우선 그렇다 치고 하나 묻지. 나에게 이런 것에 대해 말해 주는 이유가 뭐지?"

"……."

혁련휘는 알고 싶었다.

신도율의 적인 자신에게 이 같은 비밀을 알려 줄 이유가 그녀에게 있는지 말이다.

혁련휘의 질문에 유영인은 곧바로 대답하지 못했다.

긴 침묵, 그렇지만 혁련휘는 가만히 그녀의 대답을 기다렸다.

아무런 말도 하지 않는 유영인의 모습에 슬슬 부의민의 표정이 일그러지고 있을 때였다.

마침내 그녀가 입을 열었다.

"……당신이 그리는 세상에 걸어 보려고요."

"그게 무슨 소리지?"

혁련휘의 질문에 유영인이 힐끔 환야를 바라봤다. 그러고는 이내 그를 가리키며 말했다.

"제 실력은 환야도 잘 알고 있을 거예요. 아주 뛰어나죠. 세상에 적수가 몇 없다 자부할 정도로 자신도 있고요. 하지만 세상을 바꾸는 건 이런 개인의 강함으로 되는 일이 아니라는 걸 알아요."

아무리 강해진다 한들 혼자의 몸으론 아무런 것도 바꿀 수 없는 게 이 강호라는 곳이다.

유영인이 다시금 말을 이었다.

"전 강해요. 하지만 그럼에도 불구하고 저에겐 세상을 바꿀 힘은 없다는 걸 알았어요. 그랬기에 전 신도율의 아래로 들어갔죠. 그는…… 특별했으니까요."

유영인은 생각해 왔다.

강하다고 해서 모두의 위에 설 수 있는 건 아니다.

위에 선다는 건 특별한 것이다.

타고나야 하고, 또 그만한 힘도 있어야 한다. 그랬기에 유영인은 신도율에게 걸었다. 그는 너무도 강했고, 원대한 포부를 지녔다.

평범한 사람은 지닐 수 없는 꿈.

그걸 가질 수 있다는 건 보통 사람으로서는 불가능한 일이었다.

그런 신도율에게 매료되어 많은 이들이 그의 아래로 들어갔다. 자하도에서도, 또 이곳 중원으로 나온 이후에도.

그리고 그건 유영인도 같았다.

그녀만 해도 신도율이 마교를 장악하기 전까지 물심양면으로 그를 도왔다.

그때까지만 해도 신도율이 만들 새로운 세상이 자신이 그려 온 것과 같을 거라 믿었으니까.

그렇지만 이제는 안다.

신도율의 세상은 약자가 살아갈 수 있는 곳이 아니다.

오히려 가진 자가 더 많은 것을 가질, 한마디로 유영인이 그려 왔던 것과는 완전히 다른 세상이 펼쳐지게 될 거라는 사실을.

강한 힘이 필요하다는 그의 말을 믿었다.

그랬기에 권력을 잡는 과정에서 많은 이들이 죽는 것도 묵인했다.

누군가가 흘릴 피가 없이는 새로운 세상은 만들어지지 않을 거라는 생각에 공감했으니까.

사실 이젠 모르겠다.

신도율이 처음부터 자신을 속였던 것인지, 아니면 권력이라는 걸 가지게 되면서 그렇게 변한 건지를.

유영인이 말했다.

"약자들을 위한 세상을 만드는 것, 그게 제 꿈이었거든요. 전 그가 세상을 바꿀 거라 믿었어요. 그랬기에 마교를 장악한 이후에 자신의 욕심만을 챙기는 신도율을 보면서도 조금만 더 참아 보자고 스스로를 다독이며 버텼죠. 그런데…… 이번에 그가 도를 넘어섰어요."

"인간 방패를 말하는 건가?"

"맞아요. 그런 끔찍한 명령을 내리는 걸 본 순간 알겠더군요."

유영인은 길게 숨을 내쉬었다.

사실 이곳까지 오는 것이 그녀라고 해서 쉬운 일은 아니었다.

틀렸다는 걸 알았지만, 그래도 그걸 인정하는 게 쉽지는 않았다.

그 말은 곧 자신이 걸어온 십수 년의 인생 자체가 틀렸다는 걸 스스로 밝히는 것이나 다름없었으니까.

그렇지만 이젠 인정해야 했다.

자신이 잘못 된 길을 걸어왔다는 것을. 그래야만 다시금 앞으로 나아갈 수 있다는 걸 알기에……

그녀가 천천히 말을 꺼냈다.

"……제가 틀렸다는 사실을요."

그 말을 내뱉는 유영인은 최대한 무덤덤한 표정을 짓고 있었다.

그렇지만 실상 그녀는 참기 힘든 분노로 주먹을 강하게 움켜쥐고 있었다.

자신이 이용당했다는 사실에 화가 났고, 또 꿈꿔 왔던 세상과는 전혀 다르게 오히려 약자들이 고통받는 세상에 일조했다는 것에 고통이 밀려왔다.

자신의 생각을 전부 말하긴 했지만, 사실 이것만으로 혁련휘를 믿게 만드는 건 무리라는 걸 잘 알았다.

하지만 어쩌겠는가.

지금 유영인이 혁련휘에게 말할 수 있는 건 이게 최선이었다.

자신의 말을 믿을지 말지는 이제 그녀의 몫이 아니었다.

유영인이 혁련휘에게 말했다.

"선택은 혁련휘 당신 몫이에요. 제가 강요할 수도 없는 일이고, 여기서 그냥 절 죽이는 게 득이라고 생각하면 그래도 돼요."

"……그쪽이 생각하는 거사일은?"

"최대한 빠를수록 좋아요. 하지만 지금은 아니고요. 적

어도 내부에 있는 무인들의 배치 상황 정도는 파악한 후여
야겠죠.”

“그게 얼마나 걸릴 것 같지?”

“사흘에서 나흘 정도요. 시간이 없어서 저도 서두를 생
각이에요. 지금 신도율이 시간을 끄는 이유 중 하나가 아직
까지 외부에서 임무를 수행하고 있던 잔여 병력들을 규합
하기 위해서거든요. 특히 진풍비마대가 개입하고, 혹시나
변방의 한쪽이라도 무너진다면 이 싸움 당신들이 패배할
거예요.”

“진풍비마대?”

“신도율이 자랑하는 자들이죠. 그들이 개입하면 이 싸움
쉽게 안 끝날 거예요. 승부는 그 전에 내야 해요.”

유영인이 생각하기에 이번 전쟁의 가장 큰 변수는 바로
신도율의 추가 병력들의 개입 여부다. 특히나 진풍비마대
가 만약이라도 마교 내부로 복귀하게 된다면 이 싸움은 길
어질 것이 분명했다.

그렇게 된다면 변방을 지키고 있는 북해빙궁과 혁련휘
측 잔여 병력들은 결국 버티다 못해 조금씩 밀리기 시작할
것이고, 그것이야말로 신도율이 바라는 일이기도 했다.

말을 끝낸 유영인은 슬쩍 막사 바깥을 바라봤다.

이야기를 하다 보니 시간이 길어졌고, 이제는 슬슬 복귀

해야 할 때가 되어서다.

그녀가 말했다.

"너무 오래 자리를 비우면 의심받을 수 있어서 그러는데 살려 줄 거라면 이제 돌아가도 될까요?"

유영인의 질문에 모두의 시선이 혁련휘에게 쏠렸다.

비설과 환야, 부의민과 달치 넷이 그의 대답을 기다리고 있을 때였다.

유영인의 말을 믿을지 말지는 정하지 않았지만 혁련휘는 고개를 끄덕였다.

"가 봐. 네 말을 믿을지 말지는 조금 더 생각해 보지."

"그러도록 해요. 그럼 전 이만."

말을 마친 유영인이 휙 하니 몸을 돌리고 막사 바깥으로 걸음을 옮겼다.

그리고 그녀가 나가기 무섭게 환야가 재빠르게 혁련휘에게 말했다.

"대장, 잠시 나갔다 와도 되겠습니까?"

말을 하는 환야의 눈동자는 다급해 보였고, 그가 그러는 이유를 알았기에 혁련휘는 고개를 끄덕였다.

"다녀와."

"감사합니다."

허락이 떨어지자 환야가 황급히 막사 바깥으로 달려 나

갔다.

두 사람이 사라지자 비설이 슬그머니 혁련휘 옆으로 다가왔다.

"형님, 저 말 그냥 믿어도 될까요?"

"……믿을 수 있는지 없는지는 내가 판단할 문제가 아닌 것 같군."

"형님이 아니면 그럼 누가……."

말꼬리를 흐리는 비설은 이내 혁련휘의 시선이 향하는 곳을 향해 마찬가지로 고개를 돌렸다.

막사의 입구, 유영인이 사라지고 그 뒤를 이어 환야가 따라 움직인 방향이다. 그제야 비설은 혁련휘의 생각을 알 수 있었다.

한 번의 선택으로 인해 수많은 이들의 운명을 바꿀 수 있는 혁련휘다. 그런 그가 무작정 유영인을 믿을 리가 없었다.

혁련휘가 입을 열었다.

"만약 내가 방금 들은 이야기에 대해 작전을 실행한다면…… 저 여자를 믿어서가 아니야."

배신을 할 만한 이유에 대해 전해 듣긴 했지만, 그 말만 믿고 움직일 정도로 순진하지는 않다.

그럼에도 불구하고 결국 혁련휘가 움직이기로 결단을 내

리게 된다면?

아마도 그건…….

혁련휘가 팔짱을 끼며 나지막이 말을 이었다.

"환야를 믿어서지."

*　　　*　　　*

막사를 빠져나간 환야의 몸이 빠르게 허공으로 솟구쳤다.

동시에 두 개의 그림자가 매서울 정도로 빠르게 혁련휘 쪽의 무인들이 머무는 장소를 빠져나갔다.

환야가 앞으로 쏘아져 나가는 그림자를 놓치지 않고 빠르게 따라붙을 무렵이었다.

먼저 달려 나가던 그림자가 멈춰 섰다.

몸을 돌린 유영인이 코앞에 뚝 떨어져 내린 환야를 보며 미소를 머금었다.

"제법이네."

"언제까지 애 취급할 거야?"

환야가 투덜거렸다.

그런 그에게 다가온 유영인이 손을 들어 이제는 자신보다 커 버린 환야의 키를 재며 말했다.

"그러게. 몇 번이고 애가 아니라는 걸 느끼긴 했는데…… 그래도 이상하게 내 눈엔 언제나 어린 꼬맹이로만 보이네?"

"쳇, 몇 살 차이나 난다고."

"원래 그런 거야. 누나한테 동생은 아무리 나이가 들어도 어리게 보이거든."

말은 그렇게 하면서도 유영인은 환야를 대견하다는 듯 쳐다봤다.

자하도에서 마지막으로 봤을 때는 그래도 소년이었는데, 이제는 정말 어엿한 사내대장부가 되어 있는 환야를 보고 있자니 뿌듯함이 밀려든다.

커 버린 키, 그리고 두꺼워진 목소리.

그렇지만 무엇보다 맘에 드는 것은 저 흔들리지 않는 눈동자다.

그리고 상처받은 맹수와도 같았던 예전과는 다르게 얼굴에 넘쳐흐르는 여유와 웃음까지도 맘에 든다. 아마도 환야가 이토록 변할 수 있었던 건 그 막사 안에 있었던 이들 덕분이리라.

'……좋은 사람들을 만났구나.'

누나로서 기뻤고, 한편으로는 부끄러웠다.

어린 환야를 홀로 두고 나가면서까지 이루고자 했던 자

신의 꿈이 고작 이런 것이었다는 사실이 못내 그녀를 슬프
게 만들었다.

말없이 자신을 바라보는 환야를 향해 유영인이 웃는 얼
굴로 물었다.

"이렇게 쫓아온 걸 보니 할 말 있었던 거 아냐? 아쉽게
도 내가 시간이 별로 없는데⋯⋯."

자신이 가야 할 방향을 슬쩍 바라보는 유영인을 응시하
던 환야가 자그맣게 그녀를 불렀다.

"누님."

"응?"

"⋯⋯내가 누님을 믿어도 되겠어?"

기껏 쫓아와서 하는 말이 믿어도 되겠냐는 말이라는 걸
알자 유영인은 기가 막힌다는 듯 웃으며 되물었다.

"겨우 그 대답을 들으려고 날 쫓아온 거야?"

"중요한 일이니까."

"설마 내가 믿으라고 하면 그냥 믿을 생각이야?"

"응."

담담하게 대답하는 환야를 보며 유영인이 표정을 굳혔
다.

그가 말했던 대로 자신이 발설한 일은 엄청나게 중요한
일이었다. 그런 걸 그저 자신의 말 하나에 그냥 믿겠다는

환야의 모습을 보며 이상하게 가슴이 답답해져 왔다.

그녀가 물었다.

"내가 거짓말이라도 하면 어쩌려고."

"누님은 거짓말 못 하잖아."

"……바보. 세월이 얼마나 흘렀는데. 그때는 못 했어도 지금은 할 수 있어."

"그럴 수도. 하지만 그래도 나한테는 거짓말 못 할걸."

"왜 그렇게 생각해?"

"우린 하나뿐인 가족이니까."

환야의 그 한마디에 유영인은 말문이 턱하고 막혀 왔다.

코끝이 찡하고 갑자기 눈물이 핑하고 돌았다.

가족.

그 단어가 주는 의미가 유영인에겐 남다를 수밖에 없었다.

자하도에서부터 지금까지의 삶에 그녀에게 가족이란 아무도 존재하지 않았다.

단 한 명, 피는 이어지지 않았지만 어릴 적부터 함께 자라 온 환야가 그녀에겐 전부였다.

그런 그를 버리고 자하도를 떠났던 유영인이다.

그럼에도 불구하고 아직까지도 자신을 가족이라 생각해 주다니…….

가족이라는 그 말에 괜스레 눈물이 쏟아질 것 같자 유영인은 황급히 눈동자를 위로 치켜뜨며 억지로 울음을 삼켰다.

그런 그녀를 물끄러미 바라보던 환야가 말했다.

"미리 말할게. 이번 작전 실행하게 되면 그거 내가 할 거야. 함정이라면 아마 난 죽겠지."

"……."

아무런 대답도 없는 유영인을 향해 환야가 장난스럽게 히죽거리며 물었다.

"왜? 나 빠질까?"

"……빠지라고 하면?"

"그럼 함정이라고 대장한테 보고해야지."

곧바로 돌아오는 대답에 유영인은 기가 차다는 듯이 마찬가지로 피식하고 웃음을 흘렸다.

웃음을 흘렸는데 눈가에 고이던 눈물이 자신도 모르게 주룩 흘러내렸다.

그녀가 황급히 고개를 숙이고 소맷자락으로 눈물을 닦는 그때였다.

여전히 웃고 있는 얼굴이지만 진지해진 목소리로 환야가 물어 왔다.

"그러니까 이제 대답해 줘. 나…… 누나 믿어도 돼?"

흘러내리는 눈물을 닦아 내던 유영인이 환야의 물음에 천천히 고개를 들어 올렸다.

자신을 향한 환야의 흔들림 없는 저 눈빛.

그런 그를 똑바로 바라보던 유영인이 고개를 끄덕였다.

"……믿어."

*   *   *

마교의 본성까지 도달하고 며칠간의 긴 시간을 웅크리고 있던 혁련휘의 병력들.

그간 자신의 막사를 떠나지 않던 혁련휘가 일부의 수하를 이끈 채로 비밀리에 움직였다. 그런 그가 도착한 곳은 다름 아닌 마교 외성과 그리 멀지 않은 곳이었다.

혁련휘는 나무들 사이에 몸을 감춘 채로 그쪽을 응시했다.

모습을 감추기 쉽게 하기 위해 밤을 틈타 움직인 혁련휘의 눈에 보이는 건 다름 아닌 외성을 둘러싸듯 줄지어 서 있는 어린아이들과 여인들이었다.

가을밤의 차디찬 바람이 밀려드는 이런 때 불 하나 피우지 못한 채로 그들은 덜덜 떨고 있었다.

그리고 점점 시간이 지날수록 하루 종일 외성에 묶여 있는 이들의 건강 상태는 나빠질 수밖에 없었다.

그렇지만 그런 그들의 건강 따위에 신경 쓸 신도율이 아니었다.

오히려 약해지면 약해질수록 그런 모습이 혁련휘를 움직이지 못하게 만들 거라 생각하는 그였다.

멀찍이 떨어진 곳에서 그런 이들을 바라보는 혁련휘의 옆에는 주먹을 꽉 움켜쥔 비설이 자리하고 있었다.

이곳의 상황은 이미 몇 차례고 전해 들어 잘 알고는 있었지만 막상 눈으로 보고 있자니 화가 치밀어 올랐다.

"비겁한 자식."

비설이 나지막이 중얼거렸다.

그녀의 상식에서 지금 신도율이 하는 행동은 이해가 가지 않았다.

일반적으로 무인들의 싸움에 저토록 아무런 힘도 없는 이들을 방패막이로 쓴다는 건 용납할 수 없는 일이었다.

그렇지만 신도율은 그런 무림의 상식 따위는 아랑곳하지 않고 그것이 자신에게 유리한 일이라면 망설임 없이 무슨 일이든 벌이고 있었다.

혁련휘가 옆에 있는 수하에게 물었다.

"저들이 묶인 지 얼마나 지났지?"

"저희가 도착하기 이삼일 전부터 저렇게 묶여 있었다고

하니 족히 칠 일 가까이는 됐을 겁니다.”

대답을 하는 수하의 표정은 딱딱하게 굳어 있었다.

이곳에 오기만 하면 마교를 집어삼킨 자들과 결판을 낼 거라 여겼거늘, 이런 말도 안 되는 작전에 말려 발목이 잡혀 있는 지금이다.

내부의 분위기 또한 그리 좋을 리가 없었다.

굳이 알아보지 않아도 이런 식으로 시간이 끌리다가는 신도율 쪽의 원군이 올지도 모른다는 걸 어렴풋이 짐작하고 있던 탓이다.

일부의 강경파들은 어떻게든 외성을 뚫고 들어가야 하는 게 아니냐는 뜻을 내비치긴 했지만 혁련휘는 아무런 움직임도 보이지 않고 있었다.

말없이 서서 외성을 바라보는 혁련휘의 눈동자는 전혀 속내를 읽을 수 없어 보였다.

그렇게 그 자리에 선 채로 외성에 묶인 이들을 바라보던 혁련휘가 이내 몸을 돌렸다.

“돌아가지.”

막사로 돌아온 혁련휘는 곧바로 자신의 거처로 일행들을 불러 모았다.

기다리고 있었던 환야와 달치, 부의민이 막사에 들어섰다.

막사에 도착해 잠시 쉬고 있던 혁련휘와 비설을 발견한
환야가 말을 건넸다.

"다녀오셨습니까?"

"그래."

"상황은 어때 보입니까?"

"……썩 좋아 보이진 않더군."

무공을 익히지도 않은 여인과 아이들이 버티기엔 칠 일
이라는 시간은 너무도 길었다.

하나둘씩 쓰러지는 이들이 속출하고 있다고 하니 시간이
길어질수록 그 숫자는 기하급수적으로 늘어나고야 말 것이
다.

혁련휘가 환야에게 물었다.

"준비는 어떻게 되어 가고 있지?"

"잠입할 별동대 오백 명은 이미 따로 뽑아서 준비시켜
뒀습니다. 물론 혹시 새어 나갈 일을 대비해 뭘 할지는 전
혀 알리지 않았습니다."

유영인과의 만남.

그리고 그녀와 따로 이야기를 끝낸 환야는 이번 작전을
실행하자고 혁련휘에게 말했다.

환야가 그 같은 뜻을 보이자 혁련휘는 망설이지 않고 곧
바로 모든 일을 그에게 일임했다. 환야는 비밀리에 유영인

과 한 차례 더 밀담을 가지고, 그를 기반으로 하여 모든 준비를 하고 있었다.

혁련휘가 재차 물었다.

"언제쯤 움직이게 될 것 같지?"

"정확한 건 연락을 받아야 알겠지만…… 늦어도 이틀 안에는 승부를 보게 될 것 같습니다."

환야에게 대답을 들은 혁련휘의 시선이 이번엔 부의민에게로 향했다.

"나머지 병력들은?"

"명령만 내리시면 됩니다. 작전 실행하는 순간 남은 병력들 모두가 출발할 수 있게 모든 준비는 끝내 됐습니다."

오백의 병력이 외성과 내성의 문을 열고, 그 순간 바깥에 대기하고 있던 사만의 무인들이 안으로 치고 들어가야 한다.

어느 정도 준비가 끝났음을 확인했을 때 환야가 혁련휘에게 말을 걸었다.

"저, 대장."

"무슨 일이지?"

"잠입 작전에 대해 여기 있는 이들에게 임무를 전달하려고 하는데 그거에 앞서 하나 말씀드릴 게 있습니다."

말해 보라는 듯 고개를 끄덕이는 혁련휘를 향해 환야가

입을 열었다.

"잠입 작전에서 대장은 빠지시지요."

"……그게 가장 중요한 일인데 나보고 빠지라고?"

"예, 아무리 중요한 일이라고 할지라도 대장은 빠지셔야 합니다."

"이유는?"

"누님과 이야기해 본 결과 함정은 아니라고 스스로 확신은 가지긴 했지만…… 그래도 대장에게 무슨 일이 생기면 모든 일은 수포로 돌아갑니다. 만약의 일을 대비하기 위해 대장은 빠지시는 게 낫다고 판단됩니다."

유영인을 믿는다.

믿지 않았다면 애초에 이런 작전을 짜지도 않았을 환야다.

그렇지만 아무리 그렇다 한들 혁련휘가 그런 위험한 일에 끼게 할 순 없었다.

그가 쓰러진다면 이 싸움은 끝이니까.

진지한 얼굴로 말을 이어 가던 환야가 이내 장난스럽게 웃으며 어깨를 으쓱했다.

"그리고 결정적으로 대장이 신도율 그 쥐새끼처럼 마교를 수복하는 게 마음에 안 들어서요."

의미심장한 그 한마디를 끝낸 그가 이내 자신의 가슴을

두드리며 말을 이었다.

"저희가 문을 열지요. 그러니 대장은…… 마교의 교주님답게 당당하게 들어오시면 됩니다. 자기 집에 돌아오는데 땅속으로 들어오는 사람이 어디 있습니까. 문을 통해 들어오셔야죠. 그러니 저희를 믿고 대장은 병력을 이끌어 주시지요."

환야의 말을 전해 들은 혁련휘는 결국 고개를 끄덕였다.

마음 같아서야 함께 비밀 통로를 통해 잠입하고 싶었지만 환야의 말도 일리가 있었다.

각자 해야 할 일이 있는 것이고, 혁련휘는 마교의 교주다.

교주인 그가 해야 할 일은 지금 이곳에 있는 사만의 병력을 이끌고 당당하게 마교로 들어서는 것이다.

함께할 순 없겠지만 환야가 준비한 계획이 무엇인지 궁금했던 혁련휘가 물었다.

"내가 빠진다 치고 이번 작전은 어떤 식으로 진행할 생각이지?"

"우선은 외성에서부터 소란을 일으킬 생각입니다. 당장에 중요한 건 외성의 문을 여는 것보다, 그곳에 인질처럼 묶여 있는 이들을 구해 내는 겁니다. 그 임무는 비설이 해야 합니다."

"제가요?"

"응, 내가 봤을 땐 그 일에 최고 적임자는 너야. 그리고 함께 자리한 오백의 별동대 중 사백은 외성을 장악하는 데 투입시킬 생각이야."

별동대 인원들 중 대부분을 외성에 집중시킨다는 말에 비설이 고개를 끄덕이며 물었다.

"계획은요?"

"이거 받아."

환야가 건네준 것에는 외성의 성곽을 지키고 있는 무인들의 숫자와 교대 시간 등이 적혀져 있었다. 꽤나 많은 무인들이 있긴 했지만 개중에 가장 핵심이 되는 곳은 따로 표시가 되어 있었다.

유영인에게 전해 들은 것과 비파월을 통해 조사해 둔 정보들을 통합해 만든 완벽에 가까운 배치도였다.

내부의 상황이 자세히 적혀 있는 서찰을 살피는 비설을 향해 환야가 부연 설명을 이어 갔다.

"그 표시가 된 쪽, 거길 무너트리는 게 네 임무야. 외성을 너에게 맡긴 건 은밀하면서도 강해야 하니까. 우리 중에 그런 능력에 가장 특화된 건 너야."

순식간에 신도율의 측근들이 위치한 곳을 무너트려야 한다.

그들을 제압하고, 문을 열어야만 외성에 묶여 있는 힘없는 이들이 피해를 입지 않게 할 수 있다.

어쩔 수 없이 신도율의 아래로 들어간 마교의 무인들은 묶여 있는 그들에 대한 동정심을 가지고 있다.

심지어 일부는 그 밖에 묶여 있는 이들과 인연이 있기도 하다.

반면 비설이 노려야 할 이들은 신도율이 데리고 온 자들.

그들은 상황이 위급해지면 곧바로 그 힘없는 이들부터 죽이려 들며 버티고자 할 것이다.

그랬기에 순식간에 신도율 쪽의 수하들을 무너트려야 한다.

더군다나 외성의 명령 체계 자체가 그곳을 통해 흘러들어 가니, 그들을 제압하는 건 상상 이상의 효과를 볼 수 있었다.

그쪽을 장악하는 순간 혁련휘의 병력이 곧바로 마교 외성으로 치고 들어온다.

그렇게 외성이 뒤흔들리는 순간 내성으로 들어선 나머지 인원들이 기회를 보다 움직인다.

그리고 혁련휘가 들어올 수 있도록 내성의 입구를 연다.

내성을 뚫는 것이 외성에 비해 몇 곱절은 어렵긴 하겠지만 지금 상황에서는 인질이 잡혀 있는 외성 쪽에 더 많은 병력을 투입하는 게 맞다.

그리고 외성이 흔들린다면 혼란스러운 틈을 타 내성의 문을 열 수도 있다.

환야가 말했다.

"내성에는 저와 누님이 남은 백 명을 대동한 채로 들어갈 겁니다. 그 이후에 외성을 돌파하신 대장을 위해 저희는 기회를 엿보다 문을 열 계획이고요."

환야는 자신이 그려 둔 작전에 대해 간략하지만 핵심을 짚어서 설명했다.

비설과 별동대의 잠입, 그 이후에 이어진 혁련휘가 이끄는 사만에 달하는 마교 무인들의 외성 진입.

외성을 장악하고 돌파해 올 때를 맞춰 내성의 문을 여는 것이 바로 환야의 일이었다.

환야의 말이 끝나자 묵묵히 서 있던 달치가 갑자기 번쩍 손을 들어 올렸다.

"달치는 없다. 환야가 말한 사람들 중에 달치 없다."

"넌 대장 옆을 지켜."

"싫다. 달치도 들어가고 싶다."

"인마, 거기엔……."

환야가 안 된다는 말을 하려고 할 때 자리에 앉아 있는 혁련휘가 말했다.

"달치도 데리고 가. 어차피 내성에서 합류할 텐데 그 전까지 달치가 내 옆에서 할 일도 딱히 없으니까."

"그래도 되겠습니까?"

"상관없어."

혁련휘가 짧게 답했다.

굳이 말을 하지 않아도 환야는 알 수 있었다.

함께할 수 없는 지금, 혁련휘는 조금이라도 더 별동대에게 힘을 실어 주고 싶었던 것이다.

환야가 길게 한숨을 내쉬고는 옆에 서 있던 달치를 툭 쳤다.

"그럼 넌 날 따라서 내성으로 움직이자고."

"알겠다. 달치 내성으로 간다."

그제야 달치는 신난다는 얼굴로 크게 고개를 끄덕거렸다.

각자의 임무를 전달받은 상황.

비설은 환야에게서 건네받은 서찰을 보며 자신이 움직여야 할 길을 머릿속에 그리기 시작했다.

외성을 여는 건 생각보다 복잡한 일들이 얽혀 있었다.

문을 연다고 해서 끝나는 게 아니라, 그곳에 잡혀 있는 이들까지 구해야 한다.

예측을 벗어난 모든 변수에 대한 빠른 판단력이 필요한

임무.

그리고 그런 일이었기에 환야는 외성을 비설에게 맡긴 것이다.

그때 묵묵히 선 채로 다시금 작전을 확인하던 환야가 갑자기 막사의 입구 쪽으로 고개를 돌렸다.

시선을 돌린 그의 눈동자에 이채가 서렸다.

"이 냄새는……."

중얼거리는 환야는 코로 밀려드는 향기를 다시금 확인했다.

"냄새? 아무 냄새도 안 나는데?"

옆에 있던 부의민이 코를 킁킁거려 봤지만 아무런 냄새도 맡을 수 없었다.

당연한 일이다.

이 향기는 훈련된 특별한 자만이 맡을 수 있는 것이었으니까.

그랬기에 비밀리에 연락을 주고받을 때 사용하는 향이기도 했다.

아주 먼 거리에서도 감지할 수 있는 향이었기에, 굳이 유영인이 혁련휘 쪽 진영에 잠입하지 않고도 환야에게 신호를 줄 수 있게 만들어 주는 물건이었다.

환야는 유영인에게 두 개의 향을 건넸다.

하나는 만나자는 신호, 그리고 다른 하나는…….

환야가 곧바로 혁련휘에게 말했다.

"대장, 움직일 시기가 정해진 것 같습니다."

"그게 언제지?"

혁련휘의 질문에 환야는 다시금 밀려드는 향을 확인하고는 목소리에 힘을 주어 말했다.

"지금입니다."

"지금?"

"예, 계획을 진행해야 할 때 쓰라고 한 향기를 갑자기 쓴 걸 보아하니 아마도 상황이 촉박하게 돌아가는 것 같습니다."

이 향기를 쓰게 되었을 때에 대한 계획도 이미 유영인과 완벽히 짜 놓은 환야다.

만날 장소도, 시간도 정해 놨다.

한 시진 후 비밀 통로와 그리 멀지 않은 장소에서 유영인과 조우한다.

그리고 그 전에 모든 준비를 끝마치고 그곳까지 가야만 했다.

환야가 빠르게 물었다.

"준비들은 할 거 없어?"

"저야 뭐."

비설은 허리춤에 걸린 자미쌍검을 가볍게 치며 웃음을 흘렸다.

이거 하나면 준비 끝이라는 듯한 행동에 환야는 고개를 끄덕였다.

그리고 달치 또한 도끼를 들어 올린 채로 대답했다.

"달치도 준비 끝났다."

이미 별동대는 따로 빼서 대기시켜 둔 상태, 남은 건 그들을 이끌고 마교 안쪽으로 잠입하는 것만이 남았다.

환야가 부의민에게 말했다.

"우리가 가면 곧바로 병력들을 근처까지 이동시켜야 해. 늦으면 안 된다."

"당연하지."

부의민은 군룡회의 회주로 혁련휘와 함께 본대를 이끌 것이다.

갑작스레 움직여야 하는 상황이 오자 비설이 아쉽다는 듯 얼굴을 어루만졌다.

"에이, 아쉽네요. 같이 식사라도 하고 움직였으면 좋았을 텐데."

"무슨 소리야. 우리의 다음 식사는 마교 안에서 해야지."

환야의 말에 비설은 피식 웃었다.

다들 여유 있게 보였지만 사실 지금 이들 사이에는 묘한 기류가 흐르고 있었다.

지금 시작될 이 싸움.

아마 평생에 다시없을 큰 싸움이 될 것이다.

양측 무인들의 숫자만 해도 어마어마했고, 본성에 있는 자들 또한 위험하기 그지없는 자들이었다.

아무런 피해 없이 싸움을 끝낸다면 정말 좋겠지만……현실적으로 그럴 가능성은 없었다.

많은 이들이 죽을 것이고, 다칠 게 분명하다.

그리고 그것이 여기 있는 사람이 되지 않을 거라는 보장은 없다.

목숨을 장담할 수 없는 큰 싸움.

그럼에도 불구하고 이곳에 모인 이들은 불안한 기색을 보이지 않으려 애썼다. 그리고 오히려 담담하게 행동했다.

저 안에서 다시 만나는 게 당연하다는 것처럼.

자리에 앉아 있던 비설이 길게 기지개를 켰다.

"으차, 그럼 슬슬 움직여 볼까요?"

말을 끝낸 그녀가 자리를 박차고 일어났다.

마교의 본성에 쳐들어가는 상황이거늘 비설의 모습은 마치 인근에 산책이라도 나가는 것처럼 여유 있어 보였다.

그런 비설의 모습에 환야는 못 말리겠다는 듯 고개를 절레절레 저었다.

참으로 대단한 여인이다.

어떠한 일을 맡겨도, 반드시 해낼 거라는 믿음을 준다는 건 쉬운 일이 아니다. 그런 강한 믿음이 있었기에 이번 작전의 시작이자, 가장 중요한 외성에서의 임무를 맡길 수 있었다.

환야가 장난스럽게 말했다.

"야, 넌 꼭 성공해야 된다."

"그 정도야 누워서 떡 먹기죠. 걱정 붙들어 매세요."

자신이 맡은 임무가 얼마나 중요한지 잘 아는 비설이다. 그리고 생각보다 임무가 힘들어질 수도 있다는 것도.

그럼에도 비설은 자신 있게 말했다.

모두에게 용기를 주기 위함이다.

그렇게 괜스레 더 호들갑스럽게 이야기하며 마음속 한편에 남아 있는 서로의 불안을 감추고 있을 때였다.

혁련휘가 천천히 입을 열었다.

"비설."

"예, 형님."

자신을 부르는 혁련휘의 목소리에 잠시 고개를 돌렸던 그녀다.

그 순간 혁련휘의 목소리가 이어졌다.

"환야."

"네, 대장."

환야가 답했다.

그리고 혁련휘는 또다시 말했다.

"달치."

"주인, 달치 여기 있다."

달치는 눈을 동그랗게 뜬 채로 왜 그러냐는 듯 물었다.

"부의민."

"예, 교주님."

그렇게 부의민까지 모두의 이름을 부른 혁련휘.

한 사람, 한 사람을 천천히 바라보던 혁련휘의 눈동자는 많은 이야기를 하고 있었다.

자하도에서부터 함께했던 환야와 달치.

긴 어둠 속에서만 살았다 생각했던 삶 속에서도 혁련휘는 이들 둘이 있었기에 스스로를 잃지 않을 수 있었다.

이들과 함께했기에 혼자라는 외로움을 이겨 낼 수 있었는지도 모르겠다.

그리고 부의민.

생각지도 않은 이였다.

자신을 괴롭혀 대던 교관으로서의 그는 그리 좋지 않았지만, 그래도 같은 편이 된 이후 많은 일을 해냈다.

환야를 대신해서 많은 일들을 맡아 줬고, 군룡회의 회주가 된 이후 변방에 있는 무인들을 잘 통솔했다.

그리고 북해빙궁을 설득하는 것까지 성공시키며 이번 반격의 시발점이 되어 줬다.

생각보다 많이 믿었고, 또 의지할 수 있는 사내.

마지막으로 비설.

그녀와의 첫 만남이 문득 머리에 떠오른다.

여인인 비설의 정체를 알아차린 혁련휘는 그녀의 정체를 함구해 줬다.

평소답지 않았던 자신의 판단에 대해서는 두고두고 생각해도 이상하다 생각했지만…… 지금은 또 생각한다.

만약 그때 그녀가 도와 달라고 내민 손을 잡지 않았다면 어땠을까?

당시엔 왜 이런 선택을 한 걸까 하던 의문.

하지만 이제는 확신한다.

그때 비설의 손을 잡았던 건 자신의 인생에서 최고의 선택이었다고.

이젠 그녀가 없는 자신의 인생은 상상조차 되지 않았다.

처음으로 사랑하게 된 여인.

그리고 이제는 세상의 전부나 다름없는 사람.

비설은 혁련휘에게 그런 사람이었다.

그렇게 네 사람 모두 혁련휘에겐 특별한 이들이었다.

그랬기에 말해야 했다.

솔직한 자신의 마음을.

혁련휘가 입을 열었다.

"너희가 없었다면 난 여기까지 오지 못했을 거다."

갑작스러운 혁련휘의 말에 네 사람은 놀란 얼굴로 그를 바라보고 있었다.

그런 그들을 향해 혁련휘가 말을 이었다.

"후대의 사람들은 마교의 교주인 내 이름을 기억하겠지. 하지만 난 너희의 이름을 기억할 거다. 그리고 말할 거다. 내 옆엔…… 너희들이 있었다고. 고맙다, 내 옆에들 있어 줘서."

그간 마음에만 담아 뒀던 고맙다는 말.

쉽사리 속에 담은 이야기를 하는 성격이 아니기에 여태 하지 못했던 그 말을 혁련휘가 꺼내고 있었다.

자리에서 일어난 혁련휘가 네 사람을 향해 다가갔다. 지척까지 다다른 혁련휘는 그들을 바라보며 말했다.

"……그러니까 한 사람도 죽지 마라."

죽지 말라는 그 한마디에 묻어 나오는 자신들에 대한 혁련휘의 마음이 느껴져서인지 그 네 사람은 서로의 얼굴을 쳐다보며 씩 웃었다.

마음 한구석에 남아 있던 일말의 두려움이 지금 이 순간 만큼은 거짓말처럼 느껴지지 않는다.

혁련휘의 진심 어린 말.

그리고 그런 그를 향해 비설이 다가갔다.

혁련휘의 넓은 가슴팍으로 파고든 비설이 손을 뻗어 그의 허리를 감싸 안았다.

그러고는 다른 세 사람을 대표해서 그녀가 대답했다.

"저도 고마워요. 형님과 함께할 수 있게 해 주셔서 정말 고맙습니다."

고마운 건 혁련휘뿐만이 아니리라.

자신도, 그리고 다른 세 사람 또한 마찬가지일 것이다.

혁련휘를 만나서 즐거웠고, 또 이 자리에서 그를 위해 싸울 수 있다는 것 자체가 오히려 고마울 정도였으니까.

안긴 그 상태에서 슬쩍 고개를 들어 올려 시선을 맞춘 비설이 슬며시 웃으며 말했다.

"……안쪽에서 뵙겠습니다. 형님."

오늘 밤, 천하의 주인을 정할 싸움이 시작되고 있었다.

6장. 외성 돌파

— 진격!

어둠을 틈타 혁련휘 쪽의 별동대가 목적지를 향해 움직이고 있었다.

오백 명으로 구성된 그들이 도착한 곳은 비밀 통로가 있는 곳과 약 일각 정도 떨어진 곳에 위치한 장소였다.

선두에서 이들을 이끌고 움직였던 환야는 먼저 와서 기다리고 있던 유영인을 발견했다.

그가 별동대를 멈추게끔 손을 들어 올리고는 이내 비설과 달치를 대동한 채로 유영인을 향해 다가갔다.

그녀 또한 이들을 기다리고 있던 상황이었기에 마찬가지로 다급히 거리를 좁혀 왔다.

환야가 유영인을 반갑게 맞았다.

"누님."

"왔어?"

"오긴 왔는데…… 생각보다 연락이 빨라서 당황했어."

약속된 향으로 신호를 준 탓에 환야는 때가 왔음을 알아 차리고 곧바로 움직였다.

다만 어제 이야기를 할 때만 해도 이틀 정도는 지나야 움 직일 수 있을 것처럼 대화를 나눴던 두 사람이다.

그러던 차에 사전 연락도 없이 갑자기 다급하다는 신호 를 보내 오자 환야는 그 이유가 궁금했다.

그런 그의 질문에 유영인이 오늘을 거사일로 잡은 이유 를 밝혔다.

"맞아, 원래대로라면 내일 움직이려 했지. 그런데 오늘 알아 버렸거든. 진풍비마대가 내일 오후쯤 인근에 도착할 거라는 걸."

"전에 말했던 그놈들?"

"맞아. 신도율이 아끼는 최정예들이지."

진풍비마대가 신도율과 합류하게 되면 싸움이 복잡해진 다.

그러던 와중에 오늘 있었던 회의, 그 회의에서 신도율은 그들이 내일 오후면 이곳 마교에 도착할 거라는 걸 알렸다.

그 소식을 전해 들은 유영인은 서두를 수밖에 없었다.

그들이 개입하면 시간이 더 끌리게 될 테고, 최악의 경우 혁련휘 쪽에게 치명적인 문제가 벌어질 수도 있다.

유영인이 몇 차례나 언급할 정도라면 그들의 실력이 꽤나 큰 위협이 될 게 자명한 노릇.

환야 또한 고개를 끄덕였다.

애초에 언제라도 시작할 수 있는 모든 준비를 끝내 놨던 상황. 하루 정도 앞당겨진다 해서 변하는 건 전혀 없었다.

그가 말했다.

"서두르자."

환야는 그 말을 끝내고 곧바로 뒤편에 있는 수하들에게 다가가 다시금 그들을 이끌고 움직이기 시작했다.

그리고 안내를 하기라도 하려는 것처럼 유영인은 선두에서 길을 열었다.

앞장서서 걷던 유영인의 시선이 자신의 바로 뒤편에 자리한 비설에게로 향했다.

환야를 통해 이번 작전에 대해 어느 정도 전해 들었다.

그랬기에 비설이 무슨 임무를 띠고 있는지도 잘 알았다.

유영인이 입을 열었다.

"그쪽이 외성에 묶여 있는 인질들을 구해야 해요. 할 수 있겠어요?"

"물론이죠."

담담하게 말하는 비설을 유영인이 지그시 바라볼 때였다.

뒤편으로 거리를 좁혀 오던 환야가 비설의 말에 힘을 실었다.

"걱정하지 마, 누님. 이 녀석이 못 하면 세상 그 누구도 못 하니까."

"……그 정도야?"

"응. 괴물이야, 괴물."

비설에 대한 확신 어린 환야의 믿음에 유영인은 적잖이 놀랐다.

자신이나 환야나 살수의 무공인 암흑류를 익힌 이들이다.

무공뿐만이 아니다.

무공에 맞춰 둘은 살수와 비슷한 성향을 지녔다.

살수는 상대방의 실력을 절대 과소평가하지도, 과대평가하지도 않는다. 가장 적절하고 침착하게 상대를 파악하려 한다.

그래야 중요한 순간에 실수를 하지 않고 상대를 죽일 수 있으니까.

그런 환야가 이토록 호언장담할 정도라면…… 아마도 틀리지 않을 게다.

우치에게서도 들었고, 혈갑도수대 전원을 몰살시킨 실력자라는 건 알고 있지만 겉보기에 비설은 그리 강해 보이지 않았다.

물론 그건 유영인 본인 또한 크게 다르진 않았지만.

그렇게 한창 비설에 대한 생각이 이어지고 있을 때 마침내 비밀 통로가 감춰진 가옥들이 있는 곳에 도착할 수 있었다.

일곱 채의 가옥들.

그리고 그곳에는 평범한 사람인 척 살아가는 신도율의 수하들이 자리하고 있었다.

비밀 통로에 들키지 않고 들어가기 위해서는 저 가옥들에 있는 모두를 제압해야 했다.

만약에 그들을 놔두고 비밀 통로로 잠입하려다가 뒤따르는 오백여 명의 무인 중 누구 하나라도 들키게 된다면 곧바로 신호탄이 쏘아질 테니까.

잠시 발걸음을 멈춘 채로 멀리 떨어진 가옥을 바라보던 상황.

환야가 비설에게 시선을 건네자 그녀는 고개를 끄덕였다.

사전에 이미 이곳 가옥들이 있는 곳에 도착한 이후의 작전도 준비되어져 있었다.

환야가 뒤편에 있는 오백 명에 달하는 무인들에게 조심

스레 따라오라는 수신호를 보내는 순간 비설이 앞으로 달려 나갔다.

그녀의 몸이 쏜살같이 하늘로 솟구치는 듯싶더니 이내 사라졌다.

그런 비설의 빠른 움직임을 예의 주시하던 유영인은 잘됐다 생각했다.

'실력 한번 보죠.'

가옥들의 안쪽으로 몸을 날린 비설.

과연 그녀가 얼마나 소리 없이, 또한 빠르게 모두를 제압할지를 가늠해 보고자 한 것이다. 가옥들이 모여 있는 곳으로 사라졌던 비설, 그녀가 이내 모습을 드러냈다.

덜컹.

가장 커다란 가옥의 문을 열며 걸어 나오는 비설의 모습에 유영인은 깜짝 놀랐다.

조용히 일을 끝냈어야 할 상황에 저토록 소리 나게 문을 열 거라고는 생각도 못 했다.

놀란 유영인이 황급히 주변을 둘러보는 그때 환야가 입을 열었다.

"끝냈어?"

"네, 아저씨."

비설은 어서 들어오라는 듯 열린 문의 안쪽에 선 채로 대답했다.

그런 두 사람의 대화에 유영인이 당황스러운 듯 물었다.

"벌써 끝냈다고?"

은밀하니 움직이는 데 일가견이 있는 유영인이다.

그렇지만 지금 정도의 시간이라면 자신이라고 해도 넷에서, 다섯 정도밖에 끝내지 못했을 것이다. 그 정도의 시간에 모두를 정리했다고 나선 비설.

그리고 그게 당연하다는 듯 받아들이는 환야까지.

놀라는 유영인을 향해 환야가 픽 웃으며 말했다.

"말했잖아. 괴물이라고."

말과 함께 그쪽으로 다가가는 환야의 뒤를 유영인은 그저 조용히 뒤따를 수밖에 없었다.

비설이 다가온 유영인을 향해 물었다.

"여기 맞죠?"

"……맞아요."

마교 안으로 들어갈 수 있는 비밀 통로가 있는 가옥은 일곱 채의 집들 중 바로 이곳이었다.

유영인은 곧바로 집 안으로 들어가 익숙하게 움직였다.

수십 번이 넘게 이용한 탓에 이곳의 지리는 잘 알고 있다.

그녀는 곧바로 안채의 문을 벌컥 열었다.

그리고 그 안채에는 방금 전까지 자고 있었던 것으로 보이는 사내 한 명이 혈도를 점혈당한 채로 바닥에 널브러져 있었다.

유영인은 그런 그를 방구석으로 밀어 버리고는 이내 한쪽에 자리하고 있는 커다란 서랍장을 밀쳐 냈다.

드르륵.

끌리는 소리와 함께 모습을 드러낸 바닥.

평범해 보였지만 유영인은 이곳이 마교 내부로 향하는 비밀 통로라는 걸 잘 알고 있었다.

그녀가 발로 한쪽 부분을 지그시 밟자, 이내 바닥이 밀려 나갔다.

쿠웅.

옆으로 밀려 나간 바닥의 아래로 긴 계단이 모습을 드러냈다.

유영인은 망설임 없이 그 계단으로 발을 내디뎠다.

그리고 그런 그녀의 뒤에 서 있던 환야가 고개를 돌려 따라 들어오는 수하들에게 명령을 내렸다.

"조용히들 따라와. 일 조부터 먼저 들어오고, 이 조는 그 이후에 따라붙는다."

외성과 내성으로 나뉘어 잠입해야 했기에 환야는 그들끼리 뒤섞이지 않게끔 했다. 통로 자체가 그리 넓지 않아 내부에서 다시 재정비를 하는 건 복잡했기 때문이다.

말을 끝낸 환야가 곧바로 비설과 달치를 대동한 채로 어둠 속으로 걸어 들어갔다.

지하도는 어두웠다.

하지만 모두가 뛰어난 무인이었기에 안력을 끌어 올리는 것만으로도 이 정도 어둠 속에서 사물을 확인하는 건 그리 어렵지 않았다.

좁은 통로를 오백 명에 달하는 무인들이 천천히 걷기 시작했다.

많은 숫자의 무인이 움직이며 지하 내부엔 자그마한 울림이 연달아 들려왔다.

길이 얼마나 좁은지 호리호리한 두 사람이 간신히 나란히 설 수 있을 정도였다.

달치가 불편하다는 듯 몸을 움츠린 채로 투덜거렸다.

"여기 너무 좁고 냄새난다. 달치 여기 싫다."

"그러게 따라오지 말라니까."

"환야 약하다. 그래서 달치가 지켜 준다."

"저게 확."

환야가 자그마한 소리로 불만을 토해 냈다. 그렇지만 그의 시선은 여전히 전방으로 향해 있었고, 발은 쉼 없이 움직이는 중이었다.

마교까지의 거리가 어느 정도 되었기에, 별동대들은 꽤

나 오랜 시간을 움직여야 했다.

그리고 마침내 그 긴 여정의 첫 번째 목적지에 도달할 수 있었다.

선두에서 길 안내를 하던 유영인이 멈추어 섰다.

그녀가 슬쩍 앞으로 몇 걸음 더 걸어가더니 이내 옆에 있는 자그마한 틈에 손을 집어넣었다.

그러자…….

툭.

뭔가가 풀리는 소리와 함께 위쪽 벽의 일부가 벌어졌다.

유영인은 이내 그곳을 손으로 밀어젖혔다.

그러자 답답한 지하 내부로 바깥의 공기가 밀려들었다.

유영인의 시선이 비설에게로 향했다.

이 바깥은 바로 마교 외성에 위치한 창고였고, 이곳이 바로 비설과 사백 명의 별동대들이 나갈 장소였다.

이곳부터는 마교였기에 긴 이야기를 나눌 수는 없었다.

사전에 이미 창고 주변에 사람들이 얼씬거리게 못 하게 해 놓긴 했지만 그래도 방심할 수는 없는 노릇.

시선을 마주친 상황에서 유영인이 고개를 끄덕였다.

이곳이 자신이 나가야 할 목적지라는 걸 확인한 비설은 위쪽으로 움직이기 위해 천천히 걸음을 옮겼다.

막 출구에 선 그녀의 어깨를 환야가 말없이 두드렸다.

굳이 말을 하거나, 전음을 보낼 필요도 없었다.

서로의 눈빛을 보는 것만으로 이미 할 말은 끝났으니까.

'부탁한다, 비설.'

'아저씨도요.'

서로의 눈짓으로 대화를 끝낸 상황에서 비설은 옆에 서 있던 달치의 손을 한 번 잡고는 고개를 끄덕였다.

곧 시작될 이 커다란 싸움.

이 싸움이 끝나고 모두가 무사하기를 바란다.

짧은 눈인사를 끝낸 상황.

비설은 더는 망설일 시간이 없다는 듯이 위쪽에 난 구멍으로 뛰어올랐다.

그녀가 위쪽으로 움직이기 무섭게 환야는 뒤편에 있는 별동대에게 수신호를 보냈다.

손가락으로 숫자 하나를 펴 보인 그는 곧바로 올라가라는 듯이 위를 가리켰다.

사전에 이미 일 조는 비설을 따르라는 지시를 내려 뒀기에 그들은 신호를 곧바로 알아듣고 그 뒤를 따라 움직였다.

그렇게 일 조가 모두 바깥으로 나가자 유영인은 열려 있던 비밀 통로를 닫았다.

그리고 그녀는 고개를 끄덕인 뒤 앞을 향해 다시금 걷기 시작했다.

바깥으로 나간 이들을 제외한 백 명의 별동대를 이끈 채로 그들은 마교 조금 더 깊숙한 곳으로 향하고 있었다.

한편 외성을 장악하기 위해 바깥으로 움직인 비설은 숨을 죽인 채로 주변의 기척을 살폈다.

유영인이 손을 써 둔 덕분인지 이곳 주변에서는 아무런 기척도 느껴지지 않았다.

비설은 환야에게서 받았던 정보들을 다시금 빠르게 떠올렸다.

이 창고에서 자신이 제압해야 할 이들이 있는 곳은 그리 멀지 않았다.

비설은 잠시 숨을 고르고는 이내 뒤쪽에 있는 별동대를 바라봤다.

인근에 아무도 없음을 확인했기에 그녀는 모두가 들을 수 있도록 입을 열어 명령을 전달했다.

"저희는 지금부터 외성에 묶여 있는 이들을 구합니다. 그러기 위해서는 지금 공격해 들어갈 곳에 있는 자들을 순식간에 제압해야 해요."

비설의 말에 사백 명의 별동대는 고개를 끄덕였다.

몸을 낮춘 채로 도사리고 있는 마교의 정예 병력들. 그런 그들을 이끌게 된 비설은 자신의 모습에 속으로 헛웃음을 흘렸다.

정파의 무인인 자신이 어쩌다가 이렇게 됐는지는 모르겠지만…….

자신만을 바라보는 그들을 향해 비설이 말했다.

"갑시다. 마교를 되찾으러."

그 말과 함께 비설이 창고의 문을 열어젖히며 빠르게 움직이기 시작했다.

휘익.

머릿속에 그려진 길을 따라 날아오르는 그녀의 뒤편으로 사백 명의 별동대가 그림자처럼 뒤따랐다. 목적지를 향해 곧바로 달려 나가는 비설.

그렇지만 아무리 은밀하게 움직인다 해도 모두의 눈을 속일 수는 애초에 없는 일이었다.

외성 내부를 순찰하던 무인들은 달려드는 비설과 별동대를 발견하고는 놀란 듯 소리쳤다.

"누, 누구……!"

하지만 말은 이어질 수 없었다.

파라락.

회전하는 비설의 자미쌍검이 빠르게 그 둘을 베고 지나갔다.

동시에 쓰러지는 무인들.

그렇지만 비설의 움직임은 거기서 끝나지 않았다. 하늘

로 솟구치듯 날아오른 그녀의 손바닥에서 장력이 비처럼 쏟아져 내렸다.

콰콰쾅!

주변에 있던 무인들이 모두 나가떨어졌고, 비설은 뒤따라오는 별동대들을 향해 곧바로 소리쳤다.

"빠르게 갑니다!"

아무에게도 걸리지 않고 간다는 건 불가능한 일.

그렇다면 최대한 알려지지 않도록 빠르면서도 정확하게 모두를 제압하며 움직인다.

거기다 목적지 자체가 이곳에서 그리 멀지 않은 상황.

'속전속결로 끝내야 해.'

이미 지금쯤이면 혁련휘가 마교 무인들을 이끌고 외성 인근에 자리를 잡고 있을 터.

비설은 빠르게 쏘아져 나갔다.

계속해서 길을 막는 무인들이 있긴 했지만 그 숫자는 생각보다 많지 않았다.

거기다 그들 정도 되는 무인이 비설의 공격을 받아 내는 건 처음부터 불가능한 일이었다.

외성을 순찰하는 무인들 중 조우하는 자들을 순식간에 쓸어버리며 달려 나가던 비설의 눈에 성벽 위쪽에 위치한 누각이 눈에 들어왔다.

사방을 감시하기 위해 지어져 있는 성벽 위의 누각.

그리고 저곳이 바로 비설이 최종적으로 노리는 곳이었다.

누각의 지척에 다다르자 아래에서 지키고 있던 무인들이 별동대를 발견하고는 우르르 달려왔다.

"적이다!"

그들은 외침과 함께 별동대를 향해 달려들었다.

수백의 무인들이 동시에 별동대와 격돌하기 시작했다.

사백 명의 별동대 무인들이 빠르게 비설이 나아갈 길을 만들기 위해 움직였다.

더불어 추가적인 병력이 다가올 길목도 막아서며 자리를 잡았다.

창창!

병기들이 충돌하는 소리와 함께 사방에서 요란스러운 소리가 터져 나왔다.

그리고 그런 그들의 가운데에서는 화려하게 움직이고 있는 비설이 있었다.

슉슉.

비설의 자미쌍검이 움직이는 자리에 있던 무인들은 그녀의 공격을 받아 내지 못하고 추풍낙엽처럼 쓰러지고 있었다.

휘둘러지는 그녀의 자미쌍검에서 터져 나온 검기가 주변을 포위하듯 다가오는 이들을 순간적으로 쓸어버렸다.

그리고 그 순간 비설이 허공으로 뛰어올랐다.

타앗!

누각 위에서는 방금 전까지만 해도 여유 있게 상황을 바라보다, 이내 순식간에 자신들의 병력이 밀리자 놀란 얼굴로 커다란 뿔피리를 들고 있는 자의 모습이 보였다.

'막아야 해!'

비설은 그자가 이곳 누각의 수장임을 직감적으로 알아차렸다.

그리고 그 사실을 아는 순간 비설은 손에 들린 자미쌍검을 냅다 집어 던졌다.

뿔피리가 울리는 순간 외벽에 줄지어 서 있는 이들이 위험할 거라는 사실을 알았으니까.

뿔피리를 막 입에 가져다 댄 그자를 향해 내공이 실린 자미쌍검이 회전하며 날아들었다.

그리고…….

퍼억!

뿔피리에 바람을 불어 넣기 직전 자미쌍검이 그의 숨통을 끊어 버렸다.

그 순간 바닥에 착지한 비설은 남은 한 자루의 자미쌍검에 기운을 끌어모았다.

우우웅!

울기 시작한 자미쌍검.

그녀의 검에 맺힌 자색의 강기.

비설의 검에서 시작된 강기가 폭발하듯 수십 개로 갈라지며 누각 위쪽에 있던 이들을 휩쓸었다.

"크앗!"

몇몇 이들은 강기에 휩쓸려 곧바로 즉사했고, 일부는 버티려다가 그대로 누각 아래로 곤두박질쳐 버렸다.

누각 위쪽에 있던 적들과 물건들을 순식간에 모두 쓸어버린 비설은 곧바로 품 안에 손을 집어넣었다.

그리고 그녀는 막대 같은 것을 꺼내어 하늘을 향해 겨누었다.

비설은 그 상태에서 막대의 아랫부분에 충격을 가했다.

그러자 그 막대의 끝에서 밝은 빛이 터져 나오더니 이내 어두운 밤하늘을 밝혔다.

퍼엉!

커다란 폭죽이 터지는 그 순간.

어둠 속에 웅크리고 있던 마교의 사만 병력들이 움직이기 시작했다.

쿵쿵.

커다란 발걸음 소리.

그리고 그 선두에는 혁련휘가 자리하고 있었다.

사만이 넘는 숫자의 무인들이 살기를 뿜어내며 다가오는 모습은 실로 압도적이었다.

부의민은 하늘 높이 치솟은 폭죽을 바라보며 버럭 소리쳤다.

"방패 부대 앞으로!"

방패를 든 채 선두에서 준비를 하고 있던 무인들이 쏜살같이 마교의 외성을 향해 달려가기 시작했다. 외성을 지키고 서 있던 무인들이 갑작스러운 공격에 당황했다.

사만에 달하는 엄청난 숫자가 밀려드는 것만으로도 겁이 밀려오거늘, 상부에서는 어떠한 명령도 들려오고 있지 않아서다.

외성에 있던 무인들이 당황하고 있는 그때 선두에서 달려 나온 방패 부대들은 외성 인근에 묶여 있던 이들에게 재빠르게 다가가는 데 성공했다.

그러고는 이내 그들은 커다란 방패를 위쪽으로 치켜들며 위에서 쏟아질 인질들에 대한 공격에 방비했다.

뒤늦게 정신을 차린 몇몇 무인들은 화살을 쏘아 댔지만 이미 방패 부대가 견고하게 자리를 잡은 후였다.

그러자 외성을 지키는 이들 중 하나가 버럭 소리를 내질렀다.

"막아! 어떻게든 외성을 돌파하지 못하게……."

하지만 그의 외침은 더는 길게 이어질 수가 없었다.

높은 외성 위쪽으로 모습을 드러낸 하나의 그림자 때문이었다.

혁련휘가 외성 성벽 위쪽으로 다가오고 있었다.

외성 성벽을 향해 약 십여 장이나 솟구쳐 오른 그가 허공에서 번개처럼 파멸혼을 뽑아 들었다.

츠츠츠츠!

동시에 밀려들기 시작한 뇌기가 파멸혼을 시작으로 하여 외성을 향해 강렬하게 떨어져 내렸다.

쿠아아앙!

폭음과 함께 외성의 일부가 박살이 나며 무너져 내렸다. 동시에 위에 있던 무인들 모두가 바닥으로 떨어졌다.

무너진 외성 위쪽에 착지한 혁련휘는 등을 돌린 채로 파멸혼을 쥔 손을 들어 올렸다.

그의 입에서 자신을 따르는 사만의 무인들 모두에게 들릴 정도의 쩌렁쩌렁한 목소리가 터져 나왔다.

"전군 진격(進擊)한다!"

"우와와와!"

별동대로 인해 열려 버린 마교의 외성 입구를 향해 방패 부대를 제외한 나머지 수만의 병력들이 커다란 함성과 함께 달려들기 시작했다.

* * *

비설과 사백 명의 별동대를 외성에 잠입시킨 이후 남은 일행은 계속해서 보다 안쪽에 있는 내성을 향해 움직였다.

외성으로 향할 때도 최대한 기척을 죽였지만, 내성은 더욱더 조심스럽게 움직여야만 했다.

접근이 용이한 외성과는 다르게 내성은 다른 곳도 아닌 혈뢰주가 내부와 이어져 있었기 때문이다.

비설이 나갔던 곳에서 약 일각 이상을 더 움직인 이후에 도착한 장소.

길게 이어져 있던 지하도가 끝나 있는 이곳은 바로 목적지인 창고의 바로 아랫부분이었다.

유영인이 아까와 마찬가지의 수법으로 닫혀 있는 위쪽을 조심스럽게 열어젖혔다.

이어 드러난 구멍을 통해 바깥으로 빠져나간 유영인은 먼저 주변을 살폈다.

그리고 별다른 기척이 없는 걸 확인하고서야 지하도 내부에 있는 이들을 향해 나오라는 듯 손짓을 하기 시작했다.

유영인의 수신호에 맞춰 하나둘씩 모습을 드러낸 별동대
는 창고 내부에 쌓여 있는 짐들 사이에 몸을 감춘 채로 모
든 인원이 나오기를 기다렸다.

　백 명에 달하는 무인들이 한 명씩 빠르게 움직이자, 곧
지하도 내부는 텅텅 비어 버렸다.

　유영인은 그곳을 조심스레 닫고는 환야의 옆으로 다가왔
다.

　커다란 상자 뒤편에 자리하고 있던 그는 자신에게 다가
온 유영인과 시선을 마주했다.

　외부의 움직임만 파악하고 속전속결로 작전을 시작한 비
설과 반대로 환야는 때를 기다렸다.

　그들이 움직여야 할 순간은 외성의 일로 내부가 보다 소
란스러워진 이후다.

　최소한 외성 쪽을 혁련휘가 어느 정도 제압한 이후에 내
성 문을 열어야, 그들이 들어올 수 있지 않겠는가.

　그랬기에 적당히 시간을 끌고 이후에 움직일 계획이었
다.

　자신의 계산대로라면 비설이 외성을 여는 데 걸릴 시각
은 대충 이각 정도.

　그렇다면 혁련휘는 곧바로 병력을 몰고 외성을 휘몰아칠
것이다.

외성의 방비가 내성에 비해 훨씬 약하다고는 해도 숫자가 적지 않다.

신도율의 휘하에 있는 마교 무인들 중 정예 병력 대부분은 내성에 위치하고 있지만, 그보다 몇 곱절 이상은 되는 어중간한 무인들이 외성에서 버티고 있다.

실력들은 그리 뛰어나지 않지만 숫자가 많으니 시간은 꽤나 걸릴 터.

'한 시진. 만약 외성에 추가적으로 병력을 보내기 위해 내성이 소란스러워진다면…….'

내성이 혼란에 휩싸일수록 유리한 건 자신들이다.

비설처럼 정면 돌파가 아닌 신도율의 부하인 척 내부를 움직이다 기습적으로 내성의 입구를 장악할 계획이었으니까.

정예 무인들이 많은 이곳 내성에서 정면 돌파를 하려고 하다가는 목적지에 도달하기 전에 모두가 전멸할 수도 있기 때문이다.

그러한 이유로 지금 환야가 달치와 함께 데리고 온 이 조의 무인들은 변방에서만 오래 머문 이들이다.

혹여나 알아보는 자가 없게 하기 위함이었다.

나름 치밀한 준비.

약 반 시진 정도 이곳 창고에 숨어 시간을 보내려던 것이 환야의 계획이었다.

그런데…….

뚜벅뚜벅.

이쪽을 향해 다가오는 발걸음 소리가 귓가에 들려오기 시작한 것이다.

그리고 그 소리를 확인한 환야가 놀란 눈으로 옆에 있는 유영인을 바라봤다.

그녀 또한 이 창고로 다가오는 누군가의 움직임을 느끼며 슬며시 소매 속에 감추어 둔 비수에 손을 가져다 댔을 때였다.

끼이익.

닫혀 있던 창고의 문이 열리며 누군가가 모습을 드러냈다.

다름 아닌 이곳을 관리하는 신도율의 수하였다.

일전에 이 창고를 다시금 재정비하라는 명령을 따르다 우치와 대화를 나누기도 했던 관무평이라는 자다.

창고를 연 그가 성큼 안으로 다가오며 중얼거렸다.

"안에서 무슨 소리가 들린 것 같은데……."

조금씩 창고 안으로 들어서는 상대를 본 환야가 손가락 끝에 건 비수를 날리려고 할 때였다. 유영인이 손을 들어 그런 그의 행동을 제지하고는 슬며시 자리에서 일어났다.

안으로 걸어 들어오던 관무평은 상자 뒤에서 갑작스레 나타난 유영인의 모습에 식겁한 듯이 놀라더니 이내 가슴을 쓸어내렸다.

"어휴, 그 뒤에서 갑자기 나타나셔서 깜짝 놀랐습니다. 그런데 왜 회주께서 이곳에 계십니까?"

"……잠시 밖에 다녀오느라고."

"그렇군요. 어쩐지 뭔가 들린 것 같다 했더니 회주님께서 돌아오시는 소리였군요."

말을 하며 관무평이 한 걸음 더 내디딜 때였다.

유영인이 손을 들어 올리며 더욱 깊이까지 들어오는 걸 막아섰다.

"뒷정리는 끝내 났어. 나가지."

"아닙니다. 먼저 나가시지요."

"뭐야? 내 말을 지금 못 믿겠다는 거야?"

뒤편에 숨어 있는 인원들이 있었기에 유영인은 평소와는 다르게 날카롭게 반응했다.

그런 그녀의 모습에 관무평이 손사래를 치며 말했다.

"어휴, 그럴 리가요. 우치 회주님께서 가져다 달라고 한 물건이 있어서 그걸 찾으려고 하는 겁니다."

"……물건이 있다고?"

"예, 저 안쪽에 일전에 놓고 가신 물건이 하나 있다고 하시더군요."

슬쩍 고갯짓으로 창고 깊숙한 곳을 가리키며 그가 말했다. 말을 끝낸 관무평은 유영인을 향해 짧게 포권을 취하고는 다시금 안쪽으로 가려는 듯이 걸음을 옮겼다.

그런 그의 행동에 유영인은 입술을 꽉 깨물었다.

창고를 관리하는 자이긴 하지만 이런 중대한 일을 맡았다는 것 자체가 어느 정도 실력을 인정받았다는 소리다.

당장에야 창고 끝 쪽에 숨어 있는 별동대의 기척을 알아차리지 못한 것 같긴 했지만, 조금 더 다가간다면 개중 일부의 존재를 알아차릴 것이 분명하다.

가능하면 움직이기 직전까지 이곳에 몸을 감추고 조용히 있으려 했지만……

관무평이 막 유영인의 옆을 스쳐 지나가려고 할 때였다.

스윽.

유영인의 비수가 그의 목에 박혔다.

그러고는 동시에 비명조차 지르지 못하게 반대편 손으로 입을 틀어막았다.

순식간에 즉사한 관무평의 몸이 축 하고 늘어졌다.

유영인은 그런 그를 천천히 바닥에 눕혔다.

다행히 아무런 소란 없이 제거하긴 했지만, 문제는 이게 전부가 아니다.

유영인이 낮은 목소리로 자신의 생각을 밝혔다.

"아무래도 움직여야겠어."

성격 급한 우치라면 물건을 찾으러 간 수하인 관무평이 돌아오지 않을 경우 직접 이곳으로 올지도 모른다.

그리고 우치가 온다면 조용하게 일을 매듭짓는 건 불가능하다.

소란이 일게 되면 내성에 있는 무인들이 올 것이고 그리 된다면 이번 작전은 실패다.

유영인이 말했다.

"우치가 올지도 몰라. 그 전에 서둘러서 여길 빠져나가야 해."

우치라는 말에 환야와 달치는 움찔했다.

둘 모두와 악연이 있는 자.

그랬기에 그가 얼마나 위험한 자인지도 잘 안다. 지금 같은 비밀 임무를 위해 잠입한 상황에 우치를 만나게 된다면 곤란해질 게다.

조용히 고개를 끄덕인 환야가 곳곳에 숨어 있는 이들에게 손짓했다.

그러자 숨어 있던 이들이 빠르게 모습을 드러냈다.

유영인은 환야가 그들을 재정비하는 사이 빠르게 관무평의 시신을 처리했다.

최대한 피 냄새가 퍼지지 않게 주변에 있는 것들로 덮고, 시신을 찾기 어렵게 구석에 감춰 두는 게 지금 할 수 있는 최선이었다.

그렇게 나름의 뒷정리를 끝낸 이후 유영인을 필두로 해서 인원들이 조심스럽게 창고를 빠져나왔다.

혈뢰주가 내부에 있는 창고였기에, 빠져나가는 건 쉬워 보이지 않았다.

유영인이 말했다.

"인적이 드문 길을 알고 있어. 최소한 여기서 나가기만 하면 한결 안전해질 테니 그때까지만……."

바로 그때였다.

"어이!"

버럭 들려오는 커다란 목소리.

그렇지만 그 목소리를 듣는 순간 유영인의 얼굴은 딱딱하게 굳었다. 그리고 그건 비단 유영인뿐만이 아니었다.

함께 있던 환야와 달치조차도 움찔하게 만드는 목소리.

자연스레 모두의 시선이 소리가 들려온 방향으로 향했다.

창고 주변으로 해서 쌓여져 있는 담장.

그 담장 위쪽에 한 사내가 걸터앉아 있었다.

커다란 몸집에 변발을 한 그는…… 우치였다.

달빛을 받으며 자리하고 있던 우치가 히죽 웃으며 입을 열었다.

"이 밤에 여기서 고향 친구들끼리 만나서 야유회라도 가지는 건가? 섭섭한데. 그럴 거면 나도 초대했어야지. 나도 자하도에서 나온 고향 사람이잖아."

말을 마친 우치가 담장 위에서 껑충 뛰어내렸다.

쿵.

그의 육중한 몸이 바닥에 착지하며 커다란 소리가 흘러나왔다.

우치의 등장에 유영인은 이를 악물었다.

"네가 어떻게……."

지금 우치의 모습에서 유영인은 한 가지 사실을 유추할 수 있었다.

우치는 비밀 통로를 통해 잠입한 자신들을 보고도 전혀 놀라지 않고 있었다.

그 말은 곧 이런 일이 벌어질 걸 어느 정도 예측하고 있었다는 말이 된다.

우치는 창고에서 나온 혁련휘 쪽 무인들을 바라보며 실실 웃음을 흘렸다.

"반가운 얼굴들이 보이는군."

우치의 시선이 환야를 지나, 달치에게로 향했다.

분명 그 날 절벽에서 떨어지는 것까지 봤는데 너무도 멀쩡하다. 물론 죽지 않고 돌아왔다는 소식은 듣긴 했지만……

우치가 말했다.

"달치, 살아 있다는 말은 들었지만 정말 멀쩡하네?"

말을 하는 우치가 이를 으드득 갈았다.

그곳에서 싸우던 당시 우치는 달치에게 힘으로 박살이 났다.

그 날 이후 자려고 누울 때마다 그때의 기억이 떠올라 분을 삭이느라 힘들었거늘 마침내 복수를 할 기회가 온 것이다.

우치가 섭선을 쫙 펼쳐 들고는 옆으로 한 걸음씩 움직였다.

그는 자신을 노려보는 상대들의 시선을 받으며 천천히 입을 열었다.

"실망이네, 유영인. 설마 하긴 했지만 정말로 배신을 할 줄이야."

"……"

예상대로 모두 알고 있었다는 듯한 우치의 말투에 유영인이 침묵했다.

그런 그녀를 향해 우치가 말을 이어 갔다.

"하지만 뭐 상관없어. 덕분에 이렇게 알아서들 호랑이 굴인지도 모르고 머리들을 들이밀었으니, 이 기회에 모두 죽여 버리면 되니까. 오히려 고맙다고 해야 되려나? 혁련휘의 측근들을 데리고 이곳까지 와 줘서 말이야."

말을 마친 우치가 발을 들어 강하게 땅을 밟았다.

쿠우웅!

커다란 소리와 함께 주변이 울리는 그 순간 멀리에서부터 갑자기 일련의 무리들이 기척을 드러내기 시작했다.

너무나 먼 곳에서 대기하고 있었던 탓에 알아차리지 못했던 이들이 이곳에 잠입한 별동대를 천천히 에워싸고 있었다.

그리고 그들 중에는 신도율의 또 다른 수하인 고경천 또한 자리하고 있었다.

우치만으로도 이미 상황은 좋지 않았거늘 뒤이어 보이는 고경천을 보며 유영인이 표정을 구겼다.

"고경천……."

그의 이름을 읊조리고 있을 때 우치는 자신의 옆으로 다가온 고경천을 보며 자랑스레 말했다.

"어때? 내 말대로지?"

"……멍청한 건 알았지만 상상 이상이로군."

고경천은 반대편에 서 있는 유영인을 보며 작게 고개를

저었다.

이해가 가지 않았다.

그런 힘없는 이들을 지키겠다고 적의 편에 선 유영인의 행동이.

십여 년이 넘게 동료였던 이와 적이 된 상황.

그렇지만 고경천이나 우치 모두 그런 건 전혀 상관없었다.

애초에 이들을 하나로 묶는 건 동료애 같은 게 아니었으니까.

고경천은 문득 생각났는지 물었다.

"비설이라는 놈이 누구지?"

"그놈은 왜? 여기 없는데?"

"······싸워 보고 싶었는데 아쉽군."

우치를 쩔쩔매게 하고 그 이후에도 계속해서 신도율의 계획을 뒤틀리게 만든 장본인.

그랬기에 소문으로만 무성했던 그 실력을 직접 눈으로 보고 싶었다.

강한 상대와 싸우는 것만이 인생의 즐거움인 고경천은 여기 비설이 없다는 말에 아쉬움을 삼켜야만 했다.

여유 있어 보이는 이들을 바라보는 환야의 표정은 복잡했다.

포위망을 형성하며 점점 모습을 드러내고 있는 무인들의 숫자가 상상 이상이다.

최소 눈대중만으로도 천 명은 되어 보이는 숫자.

백 명의 별동대와는 비교조차 되지 않는 인원수였다.

거기다 문제는 자신들을 압도하는 숫자만이 아니었다. 모습을 드러낸 무인들의 앞에서 성큼 다가오는 두 명의 노인.

그들이 환야의 시선을 붙잡았다.

"큭큭. 저놈들이냐?"

"뭐야 아직 햇병아리들이잖아?"

두 명의 노인은 완벽하게도 똑같은 외모를 지닌 쌍둥이였다.

다만 하나 차이를 고르자면 한 명은 백의를, 다른 한 명은 흑의로 된 옷을 입고 있다는 것뿐이었다.

너무나 특이한 모습.

그랬기에 굳이 누군지 듣지 않아도 상대의 정체를 파악할 수 있었다.

흑백쌍존(黑白雙尊).

절대십마에 속한 노고수들.

혁무조가 있던 당시에는 마교에 발도 붙이지 못하던 자들이다.

그러던 이들이 신도율이 마교를 장악하자 그의 아래로 들어오며 이곳으로 돌아온 것이다.

환야는 순식간에 궁지에 몰린 이 상황에서도 애써 침착하게 상황을 파악하려 애썼다.

'젠장. 우치랑 저 고경천이라는 놈도 상대하기 버거울 상황인데…… 절대십마가 둘이나 더 개입하다니.'

저 넷과 싸울 만한 실력자는 자신과 달치, 유영인뿐이다.

가뜩이나 숫자도 압도적으로 밀리는 상황에, 절대고수의 머릿수도 이쪽이 하나 모자라다.

유영인이 이를 꽉 깨문 채로 옆에 있는 환야에게 작게 중얼거렸다.

"미안해. 내가 오히려 널……."

"사과는 나중에."

지금은 사과를 받고 있을 때가 아니다.

어떻게든 이 난관을 타개하고 혁련휘가 들어올 수 있도록 내성의 문을 열어야 한다.

그리고 때마침 멀리에서부터 커다란 함성 소리가 들려오고 있었다.

환야는 긴장한 기색을 감춘 채로 짐짓 여유 있게 입을 열었다.

"이 소리 들려? 지금쯤이면 우리 대장이 외성을 돌파했을걸. 그리고 아마 곧 이곳 내성도 무너트릴 거고. 그렇게 되면 결국 너희들은 모두 끝이야. 여기서 우릴 죽이겠다고 까불 시간에 차라리 도망이라도 가는 게 어때?"

자신 있게 말을 내뱉는 환야를 바라보던 우치가 못 참겠다는 듯 손으로 입을 가리고 어깨를 들썩였다.

그런 그의 모습에 환야가 표정을 구겼다.

"웃는 거야 지금?"

"푸하하! 그럼 안 웃게 생겼나? 부하라는 놈들이나 대장이라는 놈이나 멍청하긴 매한가지로구나. 자기가 죽을 무덤이 될 거라는 것도 모르고 들이대는 꼴이라니. 애초에 유영인이 수상하다는 걸 짐작했는데도 왜 외성은 이토록 쉽게 뚫리도록 놔뒀을까?"

큰 웃음과 함께 내뱉은 우치의 질문.

그리고 애써 여유 있는 척하던 환야의 얼굴이 그 말을 듣는 순간 하얗게 질렸다.

"설마……!"

"맞아. 네놈들의 대장인 혁련휘도 너희처럼 함정에 빠진 거지."

말을 마친 우치가 슬쩍 하늘을 올려다봤다.

걸려 있는 달을 바라보던 그가 이내 천천히 말을 이었다.

"반 시진 정도 후. 놈들이 돌아오거든."

진풍비마대.

신도율이 지닌 최정예 무인들.

그들은 곧 복귀하기로 되어 있는 여타의 다른 이들과 합류하여, 외성을 통해 안으로 들어온 혁련휘를 따르는 마교 무인들의 뒤를 잡을 것이다.

그리고 그에 맞춰 신도율은 내성에 있는 병력들을 이끌고 정면으로 치고 들어갈 계획이었다.

그렇게 된다면 외성은 오히려 퇴로를 차단하게 되어 혁련휘 쪽의 무인들은 포위를 당하는 형상이 되고야 말 것이다.

우치의 말을 들은 유영인이 떨리는 목소리로 말했다.

"그들은 분명 내일 오후는 돼야 돌아온다고……."

오늘 급히 작전을 실행한 이유가 바로 진풍비마대가 내일 오후에 인근에 도달하기 때문이 아니었던가. 그들이 오기 전에 끝내기 위해 시작한 작전.

그런데…….

우치가 유영인을 향해 비웃음을 흘리며 말했다.

"멍청하긴. 그것부터가 거짓말이었지."

우치의 그 말에 유영인은 충격을 받은 듯이 멍하니 서 있었다.

그럼 오늘 있었던 그 회의 자체가 자신을 속이기 위해서였다는 말인가?

놀란 그녀의 모습을 보며 우치가 재미있다는 듯이 말했다.

"어이, 우리 대장을 너무 물로 본 거 아냐? 그냥 당해만 주는 사람이 아니잖아. 우리 대장은…… 신도율이라고."

너무 오랫동안 같은 편이라 잊고 있었다.

그는 결코 쉽게 당해 줄 이가 아니라는 것을.

상황은 그렇게 최악의 방향으로 흘러가고 있었다.

7장. 돌파

— 살아남아라

외성에 들이닥친 사만의 무인들.

그들은 마치 모래성을 무너트리는 파도처럼 순식간에 외성 내부를 휩쓸었다.

인간 방패를 이용한 시간 끌기로 버티고 있던 외성, 그곳에 배치되어 있던 이들 대부분이 마교의 하급 무사 정도였기에 장악하는 건 일도 아니었다.

더군다나 애초에 외성을 지키고 있던 마교의 무인들은 들어서는 상대를 굳이 막아야 할 필요성을 크게 느끼지 않았다.

약자들을 방패로 삼는 신도율의 행동에 염증을 느끼기도

했고, 애초에 들이닥치는 혁련휘의 병력 또한 같은 마교의
동료들이었다.

싸운다고 해도 수준 차이가 너무 나는 무인들.

굳이 목숨을 걸고 싸워야 할 정도의 이유가 그들에겐 없
었던 것이다.

그랬기에 혁련휘의 병력들이 움직이는 것에 맞춰 대부분
의 무인들은 큰 반항도 하지 않고 두 손 들어 항복을 할 뿐
이었다.

순식간에 마교 외성의 절반가량을 수복한 혁련휘는 그
들이 방비할 틈을 주지 않기 위해 쉼 없이 무인들을 이끌고
치고 들어갔다.

"막아라! 어떻게든 막아!"

무인 하나가 뒤편에 있는 수하들을 향해 버럭 소리를 내
질렀다.

숫자도, 실력도 상대방이 압도적이라는 걸 알고 있는 지
금 그들을 막을 묘책이 있을 리 없었다.

그랬기에 그자는 그저 막으라는 말만 목청 높여 소리치
고 있었다.

외성에 위치해 있는 전략적 거점으로 밀려드는 혁련휘
쪽의 무인들을 향해 수백 명의 무인들이 황급히 달려들었
다.

좁은 길목에서 어떻게든 버텨 내려던 그들의 계책.

하지만 그건 한 사내의 등장과 함께 무너졌다.

밀려드는 이들을 향해 거칠게 달려들어 무기를 휘두르던 그들.

챙챙!

병장기 소리가 좁은 길목을 가득 울리던 그때였다.

밀려들던 무인들의 움직임이 갑자기 멈칫하는 것 같더니 이내 그 사이에서 한 사내가 걸어 나왔다.

파멸혼을 든 채로 다가오는 이.. 혁련휘가 모습을 드러냈다.

미친 듯이 상대방을 향해 무기를 휘둘러 대던 무인들의 안색이 새하얗게 돌변했다.

혁련휘의 비스듬히 세워진 파멸혼에 불꽃이 넘실거렸다.

그리고 그 파멸혼이 허공을 갈랐다.

화르르륵!

뜨거운 열기가 주변을 뒤덮으며 사방으로 휘몰아치자 막아서기 위해 서 있던 무인들은 놀란 듯 마구 뒷걸음질 치다 자기들끼리 뒤엉키며 볼품없이 바닥에 나뒹굴었다.

길목을 막아서고 있던 이들이 순식간에 무너지자, 그곳을 따라 혁련휘 쪽의 무인들이 안으로 치고 들어갔다.

동시에 쓰러져 있던 이들의 목에 겨누어진 검.

순식간에 바깥 부분을 제압한 혁련휘가 뒤편에서 느껴지는 인기척에 슬쩍 고개를 돌렸다.

그곳에서는 황급히 다가온 부의민의 모습이 보였다. 그가 말했다.

"말씀하신 북쪽과 동쪽의 거점 점령이 완료되었습니다."

"병력들은?"

"곧바로 내성 입구를 향해 움직이라고 명령해 뒀습니다. 그들을 모아서 외성의 남은 거점들을 정리하며 내성 입구까지 치고 들어가면 될 것 같습니다."

부의민의 보고에 고개를 끄덕인 혁련휘는 곧바로 몸을 돌려 다른 쪽으로 이동했다.

혁련휘가 부의민과 함께 내성으로 향하는 길목을 따라 걸음을 옮기는 그때.

외성으로 치고 들어온 병력들이 하나둘씩 혁련휘의 뒤편으로 따라붙기 시작했다.

그리고 그 숫자는 기하급수적으로 늘어나 순식간에 만여 명에 달했다.

사방으로 퍼졌던 무인들이 다시금 하나의 덩어리로 되어가며 진격하고 있는 것이다.

만 명이 넘는 무인들의 선두에 선 채로 혁련휘가 내성을 향해 다가갔다.

내성과 점점 가까워질수록 늘어나는 혁련휘의 병력들. 그들의 움직임에 마교 내부가 들썩였다.

쿵쿵쿵!

커다란 소리와 함께 움직이는 그들의 양옆으로 마교에서 살아가던 이들이 모습을 드러내 마치 개선장군이 돌아온 것처럼 환호를 지르고 있었다.

"교주님이다! 교주님이 돌아오셨다!"

그들의 그늘진 얼굴에 피어난 희망.

마교 외성에서 살고 있는 대부분은 무인이 아닌 장사를 하며 살아가는 이들이나 평범한 농부 같은 사람들이 많았다.

그들은 혁련휘의 귀환을 양팔을 들어 환영했다.

신도율이 마교를 점령한 이후, 힘이 없는 그들은 희생양으로만 사용됐을 뿐이다.

그런 그들에게 혁련휘의 마교 탈환은 희소식과 다름없었다.

양옆에서 터져 나오는 환호의 목소리를 들으며 부의민이 쑥스럽다는 듯 중얼거렸다.

"이런 환대는 생각도 못 했는데."

많은 이들의 환호 속에서 다음 목표물을 향해 나아가던 일행 쪽으로 외성에 먼저 잠입했던 별동대를 이끌고 비설이 나타났다.

외성을 뒤흔들며 많은 무인들을 쓰러트리고 온 별동대들은 격렬한 싸움의 흔적이 가득했다.

그녀가 혁련휘 쪽으로 서둘러 다가오며 그를 불렀다.

"형님!"

"고생했어. 환야와 달치는?"

"내성 쪽으로 들어가셨어요. 계획대로 된다면 반 시진 정도 후엔 내성의 문이 열릴 거예요."

반 시진이라는 말에 혁련휘는 고개를 끄덕였다.

마교 외성의 상당 부분을 장악했다. 반 시진 정도 후에 문이 열린다면 그 전까지 외성에서의 일을 마무리할 정도의 시간은 충분했다.

일사천리로 진행되는 일.

막힘없이 모든 것이 계획대로 착착 맞아떨어지고 있었다.

그런데 왜일까?

혁련휘는 뭔가가 찜찜한 느낌이 들었다.

그들이 생각지도 못한 비밀 통로를 이용한 공격.

당연히 그들에겐 치명적인 공격이었을 것이다.

더불어 인간 방패가 있는 이상 쉬이 움직일 수 없다 여겼으니 방비 또한 허술하다는 점도 이해할 순 있었다.

다만 하나 이상한 점은 아무리 내성을 지켜야 한다고 해도 외성을 지킬 일부의 병력조차 투입하지 않는 지금의 상황이다.

지금의 모양새는 아무리 봐도 외성을 버린 것과 다름없었다.

'밑 빠진 독이라 판단한 건가?'

어쭙잖은 병력으로 바꿀 수 있는 상황이 아니라 판단하고 순식간에 점령당하는 외성을 버린 것일 수도 있다.

물론 정확한 것이야 신도율 본인이 아니고서는 알 수 없었지만……

그가 어떤 생각을 하고 있든 지금 혁련휘가 해야 할 일은 하나였다.

혁련휘가 양옆에 서 있는 비설과, 부의민을 힐끔 쳐다보고는 이내 짧게 말했다.

"가자."

내성 문이 열릴 반 시진 안에 외성을 완벽히 점령해야 한다.

* * *

모든 것이 신도율이 미리 준비해 둔 함정이라는 사실을

알자 환야의 표정은 더욱 구겨졌다.

비밀리에 내성에 잠입하여 문을 열겠다는 자신들의 계획이 실패했다는 것도 문제다.

그렇지만 그보다 더욱 중요한 것.

그건 다름 아닌 혁련휘가 위험하다는 것이다.

'함정이라는 걸 어떻게든 대장에게 알려야 해.'

신도율은 외성의 성벽을 이용해 혁련휘를 궁지에 몰아넣을 생각이었다.

뒤에선 진풍비마대를 포함한 외부에서 합류할 무인들이, 앞에선 신도율이 직접 정예 무인들을 움직여서 혁련휘를 칠 것이다.

아무리 숫자가 자신들 쪽이 많다고 한들 성벽으로 인해 앞뒤가 꽉 막혀 버린 상황에서 싸우게 된다면 결국 궁지에 몰린 쥐 꼴이 되어 버리고야 만다.

환야가 냉정하게 지금의 상황을 판단했다.

적들의 숫자는 얼추 천여 명. 그에 비해 자신이 이끌고 온 별동대는 백 명에 불과하다.

거기에 절대고수의 숫자는 저쪽이 우치와 고경천, 그리고 절대십마인 흑백쌍존을 포함하여 넷이고 이쪽은 유영인과 자신, 그리고 달치까지 해서 셋뿐이다.

양쪽 모두 불리하다는 사실은 변함없지만 그럼에도 환야

는 이대로 당할 수 없었다.

환야가 옆에 있는 달치를 슬쩍 바라보며 입을 열었다.

"야, 할 수 있겠어?"

말을 하는 환야의 시선은 달치에게로 향해 있었다. 그런 그의 물음에 달치는 걱정 없다는 듯 주먹을 불끈 쥐어 보이며 말했다.

"괜찮다. 달치 이제 우치 안 무섭다. 우치 약하다."

"저 새끼가……."

기가 차다는 듯 웃음을 터트리긴 했지만 우치의 표정은 살벌했다.

최근에 벌였던 절벽 위의 싸움에서 승부를 가리진 못했지만 누가 봐도 승자는 달치였다.

힘에서도 완전히 패했고, 신나게 얻어맞은 탓에 얼굴 또한 퉁퉁 부어 버렸었다.

당시에 느꼈던 그 굴욕감.

오늘은 반드시 갚고야 만다.

우치가 펼친 섭선으로 달치를 가리키며 말했다.

"저 새끼는 내가 죽이니까 아무도 손대지 마."

상관없다는 듯 고경천이 그런 우치의 말을 받았다.

"그러시든지. 대신 유영인은 내가 처리하지. 예전부터…… 맘에 안 들었거든."

"하여튼 집착하고는."

그럴 줄 알았다는 듯 우치가 웃음을 흘렸다.

예전부터 유영인에게 툭하면 시비를 걸어 댔던 고경천이다.

서로 같은 울타리 안에 있었던 탓에 늘 참아 왔지만 이제 굳이 그래야 할 이유가 사라졌다.

둘이 상대를 고르자 뒤편에서 기다리고 있던 흑백쌍존 중 흑노가 환야를 향해 말했다.

"뭐야? 그러면 저 풋내 나는 놈이 우리 상대인 건가?"

말을 내뱉은 그가 백노와 함께 자신을 향해 슬쩍 다가오자 환야가 쓴 입맛을 다셨다.

'절대십마 중 둘을 한 번에 상대해야 한다니.'

강호를 대표하는 열 명의 마인.

한 명이라면 승산이 있었지만 둘이라니…….

환야는 슬쩍 자신의 손바닥을 바라봤다.

압도적인 적들에게 둘러싸인 탓에 손바닥이 미미하게 떨리고 있었다.

과연 저 둘을 혼자 상대할 수 있을까?

하지만 이내 환야는 떨리는 손바닥을 꽉 움켜쥐었다.

아니, 할 수 있느냐 없느냐의 문제가 아니다.

어떻게든 해내야만 하는 일. 반드시 이곳을 뚫고 나가 혁련휘에게 함정에 빠졌다는 사실을 알려야만 하는 것이 지금의 임무였다.

환야는 자신의 양옆에 서 있는 달치와 유영인을 바라봤다.

스윽.

이미 짧은 비수 하나를 꺼내어 든 유영인의 눈동자는 고경천에게 고정되어 있었다. 그리고 마찬가지로 달치 또한 어깨를 가볍게 돌리며 풀더니, 이내 도끼를 꺼냈다.

싸울 준비가 끝난 그들의 모습을 보며 환야가 길게 숨을 들이마셨다.

그러고는 뒤편에서 당황하고 있는 별동대 무인들을 향해 이내 커다란 목소리로 소리쳤다.

"전원…… 공격 대열!"

환야의 명령에 별동대 무인들은 자신의 귀를 의심했다.

이렇게 숫자에서 압도적으로 밀리는 상황에 방어진이 아닌 공격적인 진열을 준비하라니?

하지만 그들은 이내 환야가 그런 명령을 내린 이유를 알 수 있었다.

그가 말을 이었다.

"단 한 명이라도 좋다! 그 누가 됐든 좋으니 살아남아라. 그렇게 살아서 바깥에 있는 교주님께 함정에 빠졌음을 알려라!"

이길 수 없는 싸움임을 잘 알고 있다.

그랬기에 환야는 설령 모두가 죽더라도 한 명이라도 이 사실을 외성에서 싸우고 있는 혁련휘에게 알리기를 명한 것이다.

말을 마친 환야 또한 비수를 꺼내어 들었다.

그의 눈동자에 결연한 빛이 서렸다.

그리고 그러한 환야의 마음을 알기라도 한 것처럼 별동대 무인들 모두가 움츠렸던 몸을 펴며 당장이라도 앞으로 달려 나갈 것 같은 자세들을 취했다.

별동대를 향한 환야의 명령이 떨어졌다.

"……전원 돌파한다!"

말과 함께 환야가 먼저 앞으로 내달렸다.

파악!

그림자처럼 사라지던 그의 몸이 포위망을 형성하고 있던 무인들을 향해 순식간에 치솟아 올랐다.

당장엔 우치나 고경천, 흑백쌍존과 손을 겨루는 것보다 겹겹이 쌓여 있는 포위망을 단 한 명이라도 뚫고 나갈 수 있도록 길을 트는 것이 먼저다.

소매에서 쏟아져 나간 비수가 하늘을 빼곡히 뒤덮으며 떨어져 내렸다.

흡사 사천당가의 비전 암기술인 만천화우를 연상케 하는
모습이었다.

슈슈슈슉!

수백 개의 암기들이 마치 비처럼 떨어져 내렸다.

하지만 내력이 담긴 암기들은 그저 피한다고 능사가 아
니었다.

땅에 박히기 무섭게 기다렸다는 듯 폭발해 버리는 암기
들로 인해 순식간에 한쪽 방향에 커다란 구멍이 뻥 뚫려 버
린 것만 같았다.

그리고 환야의 생각을 알았다는 듯 달치 또한 반응했다.

그의 도끼에 맺힌 커다란 강기가 환야의 공격이 쏟아져
나온 방향을 향해 매섭게 휘몰아쳤다.

"으랏차차!"

고함 소리와 함께 터져 나온 강기가 환야가 뚫어 버린 방
향 쪽으로 힘을 보탰다.

수십 개의 강기 가닥들이 그쪽에 있던 신도율의 무인들
을 뒤덮었다.

콰콰쾅!

땅이 뒤집히듯 폭발했고, 그곳에 있던 무인들은 사정없
이 주변으로 나뒹굴었다.

그리고 그 방향으로 별동대 무인들 또한 달려들었다.

"하압!"

간신히 버티고 서 있던 무인들을 덮치며 순간적으로 빈틈을 만들어 낸 별동대원들이 빠르게 사방으로 퍼져 나갔다.

어떻게든 빠져나가서 함정에 빠진 사실을 혁련휘에게 알리라는 환야의 명령을 지키기 위해서였다.

그리고 그런 그들을 위해 유영인 또한 움직였다.

포위망 바깥으로 빠져나가는 별동대원들을 막기 위해 다가서는 이들을 향해 그녀의 손가락 사이사이에 끼워진 침들이 날아들었다.

보이지 않을 정도로 얇은 비침들이 목에 꽂힌 적들은 그대로 바닥으로 곤두박질쳤다.

순간적으로 비어 버린 공간.

그리고 그 빈틈으로 약 스무 명에 달하는 이들이 빠져나갔다.

우치가 소리쳤다.

"잡앗!"

명령이 떨어지기 무섭게 그 스무 명 정도를 잡기 위해 백여 명의 무인들이 따라붙었다.

그리고 동시에 우치 또한 그런 그들의 뒤를 쫓으려 했지만……

"어딜!"

하늘로 솟구쳐 오른 환야의 손바닥에 들린 비수가 우치를 향해 날아들었다.

슈슈슉.

눈 깜짝할 사이에 거리를 좁히고 날아든 비수가 지척까지 도달하는 순간 우치가 짜증스러운 표정을 지어 보였다.

"귀찮게!"

몸을 트는 것과 동시에 휘둘러진 주먹에서 밀려 나온 권풍이 당장에 관통할 것처럼 날아들던 비수들을 사방으로 엇나가게 만들어 버렸다.

하지만…….

피잇!

하나의 비수가 아슬아슬하게 팔등을 스치고 지나갔고, 우치의 표정은 더욱 험상궂게 변했다.

우치의 움직임을 막은 환야가 히죽 웃으며 입을 열었다.

"어딜 가려고. 너희 상대는 우리라고."

말을 하는 환야의 옆으로 달치와 유영인이 다가와 섰다.

환야가 상대들을 응시했다.

자신들이 포위를 당한 상황. 그렇지만 오히려 반대로 그런 자신들이 저 위험한 놈들의 발을 잡고 있어야 한다.

도망친 스무 명의 별동대들을 뒤쫓지 못하도록 말이다.

우치 또한 환야의 생각이 뭔지 알았다는 듯 완전히 몸을 돌렸다.

"좋아, 지금 빠져나간 놈들이 뭔가 할 거라는 희망을 가지고 있나 본데…… 그게 얼마나 헛된 꿈인지 곧 알게 해주마. 근처에 있던 놈들이 뒤를 쫓기 시작했고, 또 인근에도 이미 많은 숫자의 무인들이 준비하고 있었거든."

우치의 말을 들으면서도 환야는 무덤덤했다.

정면으로 싸운다면 몰살은 자명한 사실. 그런 지금 비록 작다 할지언정 하나의 가능성을 더 만들어 둔 것이니 나쁠 건 없다.

이제 남은 건…….

'한 놈이라도 더 데리고 간다.'

죽음은 각오했다.

씁쓸한 감정이 치밀어 올랐지만, 그랬기에 한 명이라도 더 데리고 가겠다는 의지는 더욱 강해졌다.

자신이 죽으면 슬퍼할 이들의 얼굴이 일순 머리에 떠오른다.

혁련휘, 비설 그리고 부의민까지.

죽고 싶진 않았지만 이미 그건 자신의 손을 떠난 문제가 되어 버렸다.

그런 지금 할 수 있는 최선은 자신과 달치가 죽게 되면서 혁련휘가 입을 피해보다 더욱 많은 타격을 신도율에게 안겨 주는 것.

그것이 지금 자신이 죽으면서 남길 수 있는 마지막 선물이었다.

"……달치야."

자신을 부르는 목소리에 달치는 옆에 서 있는 환야를 힐끔 바라봤다. 그러자 환야가 슬그머니 손을 내뻗어 그의 손바닥을 잡았다.

스윽.

솥뚜껑을 연상케 할 정도로 커다랗고 단단한 손바닥.

동시에 꽉 쥔 손바닥 저편에서 따뜻한 온기가 밀려온다.

이런 상황에서도 달치는 순박한 눈으로 환야를 멀뚱멀뚱 바라만 보고 있었다.

멍청한 녀석, 그렇지만…… 이 녀석이 있었기에 환야의 인생은 꽤나 즐거웠다.

환야가 슬쩍 손을 놓으며 퉁명스레 말했다.

"멍청아, 고맙다."

갑작스러운 고맙다는 말에 눈을 동그랗게 떴던 달치가 이내 곧바로 답했다.

"달치 멍청이 아니다."

평소와 똑같은 달치의 대답에 환야는 픽 웃었다.

하지만 달치의 대답은 그게 끝이 아니었다. 그의 목소리가 이어졌다.

"그러니까 환야 겁먹지 마라. 환야는 달치가 지킨다."

생각지도 못한 달치의 위로에 환야는 깜짝 놀랐다.

벗어날 길이 없음을 잘 알면서도 지켜 준다는 달치의 그 말에 환야는 이상하게도 용기가 나는 것만 같았다.

환야는 괜스레 울컥하는 마음을 애써 억누르며 투덜거렸다.

"내가 너보다 세거든?"

말을 내뱉는 환야의 손바닥에 어느샌가 짧은 비수 하나가 걸려 있었다.

이제 준비는 끝났다.

환야는 자신이 상대해야 할 흑백쌍존을 향해 다가가며 나지막이 중얼거렸다.

"자, 그럼…… 마지막으로 한번 거하게 놀아 볼까?"

흑백쌍존과 싸우기 위해 다가가는 환야와 마찬가지로 다른 인원들 또한 이미 채비는 끝난 상황이었다.

달치는 우치와, 유영인은 고경천과 마주했다.

더불어 포위망을 뚫는 데 실패한 나머지 별동대의 무인들 또한 적들을 상대하기 위해 성난 기운을 뿜어냈다.

가장 먼저 싸움의 시작을 알리게 된 건 다름 아닌 달치와 우치였다.

마주하고 있던 상태에서 우치가 가볍게 목을 꺾으며 슬쩍 몸을 굽혔다.

그러자 달치 또한 기다렸다는 듯이 달릴 자세를 취했고, 약속이라도 한 것처럼 둘은 동시에 상대를 향해 달려 나갔다.

거구의 둘이 상대방을 노리고 달려드는 그 모습에서는 커다란 박력이 터져 나왔다.

"달치!"

우치가 버럭 소리를 내지르며 손에 들려 있는 섭선을 휘둘렀다.

쩌엉!

껑충 뛰어오르며 내려친 섭선을 달치가 자신의 도끼로 막아 내는 그 순간 주변으로 엄청난 충격파가 터져 나왔다.

그리고 그 충격음은 전쟁의 시작을 알리는 북소리가 되어 버렸다.

눈치를 보고 있던 무인들이 상대방을 향해 달려들었다. 그리고 마찬가지로 환야와 유영인 또한 움직였다.

흑백쌍존이 환야를, 고경천이 유영인을 상대하겠다 나선 상황이었지만 그건 그들의 입장이었다.

환야와 유영인은 빠르게 전음을 주고받으며 생각을 정리했다.

타악!

날아오른 환야와 유영인이 동시에 등을 맞댄 채로 상대방과의 거리를 좁히고 들어갔다.

환야 혼자서 절대십마의 두 명과 싸우기보다는 고경천을 포함해서라도 이 대 삼으로 싸우는 게 낫다고 판단한 것이다.

등을 맞댄 채로 셋과 대치한 상황에서 유영인이 슬그머니 입을 열었다.

"이렇게 같이 싸우는 거 오랜만이네."

"그러게, 누님."

자하도에서 자신들보다 많은 숫자의 적들과 싸울 때는 언제나 이처럼 등을 맞댄 채로 싸워 왔던 두 사람이다.

물론 그때는 유영인이 압도적으로 강했기에 지키면서 싸우려는 의도도 있었지만…….

맞댄 등을 통해 느껴져 오는 든든함에 유영인은 예전과는 다르다는 걸 다시금 느낄 수 있었다.

이제는 짐이 아니다.

자신의 뒤를 지켜 줄, 훌륭한 한 명의 무인으로 성장한 환야다.

그런 둘을 바라보며 고경천이 비웃음을 흘렸다.

"둘이 힘을 합치면 뭐가 달라질 거라 생각하나 보군."

"고 회주, 어서 끝냅시다. 저런 애송이들이나 상대하기엔 내 면이 안 서거든."

흑백쌍존 중 백노의 말에 고경천은 슬쩍 미간을 찡그렸다.

나이가 어리다는 이유로 무작정 얕보기만 하는 두 노인의 행동이 마음에 안 들어서다.

고경천이 차갑게 말했다.

"그렇게 얕보다간 네놈들이 죽을 거다. 저 녀석들은 너희보다 강하거든."

고경천의 냉철한 말에 두 노인은 동시에 표정을 구겼다.

'마음에 안 드는 새끼. 나이도 어린 게 꼬박꼬박 반말지거리야.'

흑노는 속으로 울분을 삼켰다.

처음 봤을 때부터 우치나 고경천은 흑백쌍존에게 자연스레 하대를 내뱉었다. 마음 같아서야 두 놈 모두에게 따끔한 맛을 보여 주고 싶었지만, 우치와 고경천은 신도율의 최측근.

자신들보다 높은 자리에 있는 이들이었기에 흑백쌍존은 애써 화난 기색을 감췄다. 흑노는 애써 스스로를 다독였다.

'언제까지 그리 건방 떨지는 두고 보면 알 일.'

결국 시간이 지나 자신이 위에 올라서게 되는 그날 지금의 이 무례함을 갚아 주고야 말 것이다.

대치한 그들 쪽으로 잠시 시선을 주는 달치를 향해 우치가 버럭 소리쳤다.

"감히 날 앞에 두고 다른 쪽으로 시선을 두다니 네가 미쳤구나!"

부웅!

말과 함께 휘둘러진 주먹이 달치의 코앞까지 날아들었다.

그렇지만 그 주먹이 안면에 틀어박히기 직전.

달치의 손바닥이 날아드는 우치의 주먹을 감싸 쥐었다.

파앙!

소리와 함께 발바닥이 땅에 틀어박힌 채로 달치의 몸이 몇 걸음 뒤로 밀려 나갔다.

실로 어마어마한 힘.

그렇지만 주먹을 움켜쥔 달치 또한 쉽사리 지지 않았다.

밀려 나던 달치의 몸이 빠르게 균형을 잡았다.

동시에 달치 또한 반대편 손에 쥐고 있던 도끼를 다시금 우치를 향해 휘둘렀다.

그리고 마찬가지로 우치 또한 달치의 도끼를 자신의 섭

선으로 막아 냈다.

쿠웅!

가까운 거리에서 날아드는 달치의 도끼를 받아 내는 그 순간 우치는 이를 악물어야 했다.

섭선을 쥔 손바닥이 터져 나갈 것만 같은 고통.

'이 망할 놈이…….'

애써 터져 나가려는 비명을 삼킨 우치가 달치와 힘겨루기에 들어갔다.

일전에 힘 싸움에서 밀렸던 기억이 있었지만, 우치는 단순히 운이 없었다 여겼다. 그 날 몸 상태도 별로였고, 지형 또한 불리해서 자신이 밀린 거라 스스로 위안 삼았던 것이다.

그렇지만…….

"으으!"

우치의 얼굴이 점점 붉어지기 시작했다.

달치의 손바닥에 잡혀 있는 주먹은 시간이 지날수록 으깨질 것처럼 아파 왔고, 도끼를 막기 위해 섭선을 쥐고 있는 쪽은 손목이 점점 꺾이고 있었다.

덩달아 그의 신체의 균형 또한 아주 조금씩 뒤쪽으로 밀려 나갔다.

균형이 뒤쪽으로 간다는 말은 곧 힘 싸움에서 졌다는 걸 의미하는 것.

애써 버티는 우치를 조금씩 짓누르기 시작한 달치가 입을 열었다.

"우치 약하다."

"건방지게 어디서 입을 놀려!"

순간적으로 내공을 폭발시키자 달치의 몸이 뒤로 밀려 나갔다.

그렇지만 뒤로 튕겨져 나가는 순간 달치의 발이 그의 허벅지를 후려쳤다.

"큭!"

하체가 무너지며 비틀하는 그때 밀려 나갔던 달치가 보다 빠른 속도로 달려들었다.

후웅!

바람 가르는 소리와 함께 날아든 주먹.

우치는 황급히 손을 교차시키며 공격을 막아 냈다.

으드득!

막아 낸 양손에서는 우치의 뼈가 토해 내는 비명 소리가 흘러나왔다.

고통에 정신을 차리기도 전에 달치의 도끼가 날아왔다.

파라락! 캉!

섭선으로 막아 냄과 동시에 우치의 손바닥이 달치의 가

습으로 파고들었다.

퍼엉!

달치의 가슴으로 정확히 적중한 일장.

달치 또한 일격을 허용하며 허공으로 몸이 슬쩍 들어 올려졌다가 떨어져 내렸다.

'새끼 어뗘……!'

일장을 성공했다는 사실에 들뜬 기분을 채 표현도 하기전. 달치의 커다란 주먹이 빈틈 사이를 파고들어 얼굴을 후려쳤다.

뻐억!

시원한 소리와 함께 우치가 그대로 허공에서 몇 바퀴 회전하며 바닥으로 곤두박질쳤다.

쿠웅.

바닥에 쓰러진 그는 황소처럼 달려드는 달치의 발걸음 소리에 놀란 듯 바닥을 데굴데굴 굴러야만 했다.

살기 위해 볼품없이 바닥을 굴러 대던 우치가 손을 이용해 용수철처럼 튀어 올랐다.

"차앗!"

달려들던 달치의 움직임을 섭선에서 터져 나온 기운이 막았다.

그리고 그 짧은 틈에 간신히 거리를 벌리는 데 성공한 우치는 거친 숨을 내쉬었다.

"헉헉."

얼굴에 일격을 허용한 탓에 코와 입에서는 피가 흘러내리고 있었다.

저번 싸움에서도 달치에게 얻어맞고 이런 꼴이 되었거늘, 이번에도 마찬가지다.

섭선에서 쏟아진 기운으로 인해 갈라진 땅.

그렇지만 달치는 멀쩡했다.

그가 갈라진 땅 위를 슬쩍 넘어서는 걸 보며 우치는 이를 갈았다.

'뭐야, 이거.'

그 날의 패배는 운이 없어서일 거라 굳게 믿었다.

도저히 자신의 자존심이 용납지 않았으니까. 허나 이제는 알겠다.

그 날 졌던 것은 그저 운이 없어서가 아니라는 것을.

'……괴물이 되어 버렸구나.'

자하도에서 자신에게 당하기만 하던 그 어수룩했던 달치는 세상에 없다.

훌쩍 커 버린 달치, 그리고 그가 지금 자신의 앞에 있다.

엄청난 무인이 돼서 말이다.

우치는 인정해야만 했다.

달치를 자신이 죽이겠다며 아무도 손대지 말라고 큰소리를 뻥뻥 쳤지만 혼자선 감당해 낼 재간이 없다는 사실을.

자신이 그토록 얕보았던 상대였기에 인제 와서 다른 누군가의 손을 빌린다는 건 내키지 않았지만, 그렇다고 한들 이곳에서 죽는 것보다는 그게 백배는 나았다.

우치가 주변에서 별동대와 싸우고 있는 수하들을 향해 버럭 소리쳤다.

"이쪽으로도 합류해! 이 새끼 아주 아작을 내 버린다!"

우치의 명령에 주변에 있던 이들이 그의 뒤편으로 다가왔다.

우치가 마음을 바꾸어 수하들과 함께 달치와 싸우려는 그때 환야와 유영인 또한 바쁘게 움직이고 있었다.

똑같이 암흑류를 익힌 둘의 싸움 방식은 무척이나 흡사했다.

갑자기 사라졌다가 나타났다를 반복하며 두 사람은 고경천, 흑백쌍존과 겨루고 있었다.

피잇!

날아든 비수를 손바닥으로 쳐 낸 백노는 곧바로 손에 들린 검으로 허공을 찌르고 들었다.

그의 검 끝에 서린 기운이 기다렸다는 듯 사방으로 터져나갔다.

묵직한 기운이 주변을 덮음과 동시에 커다란 폭발이 있었다.

콰앙!

피어오르는 먼지 사이로 얼핏 보이는 유영인의 모습. 그리고 그녀를 향해 고경천이 자신의 검을 움직이고 있었다.

스팟.

빠르게 날아든 고경천의 검이 유영인의 목을 노렸다.

그렇지만 그녀의 손에 들린 비수가 날아드는 그의 검을 아슬아슬한 차이로 받아 냈다.

거의 목에 검이 맞닿아 있는 상태에서 고경천이 거칠게 그녀를 밀어붙였다.

타다닥.

급히 발을 움직이며 밀리는 와중에서도 균형을 잡아낸 유영인과 고경천이 마침내 한 지점에 이르러 멈추어 섰다.

날아든 그의 검과 유영인의 목 사이에 있는 하나의 비수.

이 비수만 없다면 당장이라도 그녀의 목은 떨어져 나갈 것만 같았다.

호흡이 맞닿을 정도로 가까운 거리.

고경천이 입을 열었다.

"힘 좀 내 보라고. 이대로 끝난다면 너무 싱거우니까."

"머릿수 가지고 압박하면서 잘난 척은."

유영인 또한 보다 힘이 들어가는 고경천의 검에 밀리지 않으며 대꾸했다.

움직이지 않는 두 사람.

그렇지만 그런 둘 사이에는 이미 많은 공격들이 오고 간 것과 다름없었다. 서로의 눈빛이 빠르게 상대를 확인한다.

맞닿아 있는 검과 비수로 인해 움직일 수 없는 손에 비해 반대편은 자유로웠다.

손가락 끝이 계속해서 움찔하며 언제든 상대를 파고들 기회를 노린다.

그렇지만 그 누구도 선뜻 먼저 공격을 펼치지 못했다.

이토록 가까운 거리라면 치명상이 될 일격을 주고받기 충분했으니까.

고경천은 냉정하게 판단했다.

'상황은 내게 유리하다.'

살수인 그녀가 이런 식으로 싸우게 됐다는 것 자체가 이미 자신 쪽으로 더 많은 승산이 있다는 걸 의미했다.

그렇지만 이토록 가까운 거리에서 펼쳐질 유영인의 회심의 일격은 결코 방심해선 안 됐다.

순간 꿈틀거리는 유영인의 손끝.

고경천은 직감했다.

'온다!'

파라락.

유영인의 소맷자락 속에서 눈으로 보이지도 않을 속도로 회전하며 다섯 자루의 비수가 튀어나왔다.

가까운 거리, 피하는 건 불가능하다.

그러한 사실을 알기에 고경천은 오히려 날아드는 비수를 향해 서슴없이 자신의 팔을 내밀었다.

푹푹푹!

비수 다섯 자루가 그의 팔뚝에 틀어박혔다.

비수가 박히며 피가 터져 나왔지만, 상관없었다. 부상이 생기긴 했지만 그런 피해를 감수했기에 주요 부위를 막을 수 있었으니까.

이번엔 고경천의 공격이 이어졌다.

그는 비수가 박힌 손으로 유영인의 옷자락을 잡아챘다.

그러고는 그녀의 균형이 무너지도록 잡아챈 옷자락을 강하게 잡아당겼다. 유영인이 휘청거렸고, 그 순간을 놓치지 않고 고경천은 비수와 맞닿아 있던 검을 번개처럼 치고 올렸다.

파앗!

검이 유영인의 얼굴을 쪼갤 듯이 베고 올라왔다.

그렇지만 휘청이는 와중에서도 그녀는 재빠르게 상황에 대처했다.

비수를 다급히 움직이며 검의 궤도를 바꾸어 버린 것이다.

허나 날아드는 방향이 워낙 절묘했던 탓에 검은 어깨를 베고 지나갔다.

"으윽."

짧은 신음과 함께 유영인의 어깨에서 순간적으로 많은 양의 피가 쏟아져 나왔다.

그렇지만 상처를 돌보고 있을 여유가 그녀에겐 없었다.

가까운 거리.

그리고 유영인이나 고경천 모두 이런 거리에서의 싸움에 일가견이 있는 이들이었다.

두 사람의 손이 빠르게 움직였다.

파파파팡!

순식간에 수십 합을 겨루며 동시에 둘의 몸이 양쪽으로 튕겨져 나갔다.

유영인의 손에 들려 있던 비수가 회오리치며 고경천을 향해 날아들었다.

피잇.

동시에 고경천이 회전하며 손에 들린 검으로 그 비수를 받아 내기 시작했다.

타타타타탕.

마치 자석이라도 붙은 것처럼 검 끝에 비수가 걸리며 떨어져 내렸다.

눈으로 좇기도 힘들 정도의 고수들의 싸움, 그런 둘 쪽으로 백노가 움직이고 있었다.

흑노가 잠시 환야와 시간을 끄는 사이 백노가 고경천을 돕기 위해 움직였다.

팍!

고경천의 등 뒤로 몸을 감추며 접근했던 그가 땅을 박차고 뛰어올랐다.

허공으로 날아선 백노의 손에 들린 검에서 커다란 내공의 기운이 느껴졌다.

구구구구!

태산을 압도할 듯한 강맹한 기운이 머리 위에서 쏟아져 내렸다.

그런 상대의 공격에 유영인은 서둘러 암흑류를 사용하며 자신의 위치를 감추려 들었다.

사라져 가는 유영인, 그렇지만 그런 그녀의 귓가로 어느샌가 다가온 고경천의 목소리가 흘러들었다.

"어딜 도망치려고."

동시에 고경천의 검이 사라지려는 유영인의 발목을 붙잡았다.

파앙!

날아드는 검을 어쩔 수 없이 받아 내야만 했던 그녀. 그런 유영인의 위쪽에서 백노의 내공이 실린 일격이 떨어져 내리고 있었다.

사실 고경천은 자신의 싸움에 누군가가 개입하는 걸 좋아하는 이는 아니었다.

다만 지금은 빠르게 이곳을 정리하고 곧 마교로 복귀하는 진풍비마대와 함께 혁련휘의 본진을 정리해야 했기에 이 같은 개입 또한 눈감을 수밖에 없었다.

백노의 치명적 일격.

그렇지만 그걸 막으려고 든다면 다시금 날아드는 고경천의 검이 그녀의 숨통을 끊어 버리고야 말 것이다.

그 순간 흑노의 목소리가 들려왔다.

"백노!"

들려오는 흑노의 목소리, 순간 유영인과 고경천은 동시에 뭔가를 느끼며 움찔했다.

그리고 두 사람이 반응한 그 무엇인가는 바로 환야였다.

그의 몸이 거짓말처럼 백노의 아래편에서 나타났다.

푸욱!

모습을 드러낸 환야의 비수가 그대로 백노의 다리에 틀어박혔다. 터져 나오는 핏줄기, 그렇지만 환야는 박힌 비수를 잡은 채로 허공에서 그의 몸을 비틀리게 만들었다.

그 때문에 유영인을 향해 날아들던 백노는 꼴사납게 다른 쪽 바닥으로 처박히고야 말았다.

쿵.

유영인과는 다소 거리가 있는 쪽에 떨어져 내린 백노가 자신을 향해 날아드는 비수를 막아 내기 위해 다급히 검을 휘둘렀다.

슈슉.

날아드는 비수를 간신히 쳐 낸 백노가 엉거주춤 몸을 일으켜 세우며 자신과 유영인 사이를 가로막는 위치에 자리한 환야를 향해 이를 갈았다.

다리에서 쏟아져 나오는 피를 점혈을 통해 빠르게 지혈을 끝마친 백노를 향해 환야가 이죽거렸다.

"이봐, 영감. 나한테 등을 보이다니 배짱 좋네. 다음번에도 그렇게 굴면 그땐 목이 날아갈지도 몰라. 그러니 주의들 하라고. 지금 피를 흘리는 그쪽도, 반대편에 있는 저 흑의를 입은 노인도. 그리고…… 당신도."

마지막 말과 함께 환야의 시선이 고경천에게로 향했다.

자신이 알아차리기도 전에 백노의 지척까지 다가갔던 환야의 움직임에 놀란 고경천이 눈살을 찌푸리며 중얼거렸다.

"저놈…… 뭐야?"

그런 고경천의 뒤편으로 유령처럼 유영인의 모습이 나타났다.

그녀의 비수가 어깨를 노리고 날아들었다.

환야에게 시선을 뺏기고 있던 고경천이었지만 그는 빠르게 반응했다.

쩌엉!

비수를 막아 낸 검.

서로를 노려보는 그 상태로 유영인이 입을 열었다.

"뭐긴. 내 동생이지."

8장. 성장

— 문, 저희가 엽니다

파바바박!

유영인과 고경천의 손이 뒤엉켰다. 동시에 고경천의 검에 맺혀 있던 검기가 요동쳤다.

그의 검기가 쏟아지는 방향의 땅이 순식간에 뒤집어지듯이 날뛰었다.

허나 그런 고경천의 매서운 검기가 휩쓴 곳에는 이미 유영인은 없었다.

어느샌가 고경천의 위쪽까지 날아든 그녀가 빠른 속도로 떨어져 내리고 있었다.

탓.

떨어져 내리는 비수가 정확하게 고경천의 백회혈을 노렸다. 정면을 응시하고 있던 그. 그렇지만 지척에 도달하는 순간 고경천이 반응했다.

번쩍!

암습을 하던 유영인은 휘둘러진 검에 실린 묵직한 힘에 오히려 허공에서 다시금 회전하며 바닥에 착지해야만 했다.

고경천의 검이 그녀가 있는 곳으로 날아들었다.

휘익.

그렇지만 그의 검이 도달하는 순간 이미 그곳에 유영인은 없었다.

흐릿해지는 것과 동시에 사라진 그녀가 뒤편에서 다시금 공격을 가해 왔다.

꼬리에 꼬리를 무는 듯한 싸움.

천하에서 손꼽히는 고수들의 싸움에서 터져 나오는 기운으로 인해 주변의 모든 것들이 쓸려 나갔다.

파파파팡!

둘의 싸움도 그러했지만 주변의 가장 많은 걸 파괴하고 있는 건 역시나 달치와 우치의 대결이었다.

우치는 이미 수하들과 합류해서 달치와 싸우고 있었다.

달치의 주먹이 번개처럼 지척에 있는 이들을 휩쓸었다.

부우웅!

휘둘러진 주먹 한 방에 다섯 명의 무인들은 곤죽이 되어 바닥에 나뒹굴었다. 달치의 주먹에 실린 권풍이 미친 듯이 쏘아져 나갔다.

쾅쾅쾅!

주먹이 내뻗어지는 곳은 마치 폭탄이 터지기라도 한 것처럼 터져 나갔고, 그로 인해 적지 않은 적들이 쓰러지고 있었다.

우치가 껑충 뛰어올라 달치의 어깨를 향해 섭선을 내리쳤다.

피하긴 늦었다고 생각했는지 달치는 도리어 날아오는 그를 향해 주먹을 내질렀다.

섭선이 어깨를 내리치는 것과 동시에 달치의 주먹 또한 그의 복부를 파고들었다.

오장육부가 뒤틀리는 타격에 우치는 입으로 울컥하고 피가 솟구쳐 오름을 느꼈다. 그렇지만 달치의 공격은 그게 전부가 아니었다.

복부를 치는 것과 동시에 굽혀진 그의 얼굴을 향해 다시금 일격을 가한 것이다.

뻐억!

고개가 휙 하고 꺾이며 우치가 나뒹굴었다.

그렇지만 달치는 다음 일격을 날릴 수가 없었다.

다가온 다른 무인들의 검이 그를 향해 찔러 들어왔다.

달치는 그대로 도끼를 휘둘러 몇 개의 검을 튕겨 냈지만, 일부의 검은 빈틈을 파고들었다.

파바박.

최대한 피해 내긴 했지만 틈으로 밀려들어 온 검들이 그를 베고 지나갔다.

두꺼운 팔뚝과 허벅지에 옅은 상처가 생겨났지만 달치는 그대로 가까이에 있는 그들의 머리통을 잡고 바닥에 처박아 버렸다.

으드득.

몸을 굽혔던 그는 다가오는 적을 향해 그대로 주먹을 올려 쳤다.

쩌엉!

시원한 소리와 함께 상대의 몸이 그대로 하늘로 솟구치며 그대로 빙그르르 회전하더니 바닥에 틀어박혔다.

피를 뒤집어쓴 달치의 눈동자가 사납게 빛나고 있었다.

마치 한 마리의 성난 맹수를 보는 것만 같은 모습.

달려들던 무인들은 그런 달치의 모습에 놀란 듯 주춤거렸다.

달치를 죽이기 위해 우치와 함께 움직이고 있는 백여 명에 달하는 무인들이 단 한 명에게 겁을 먹어 버린 것이다.

달치가 포효했다.

"우워워!"

고함과 함께 달치가 득달같이 달려들었다.

그의 목표는 힘겹게 자리에서 일어나 머리를 감싸 쥐고 있는 우치였다. 그랬기에 자신과 우치 사이를 막고 있는 십여 명의 무인들을 향해 달치는 거리낌 없이 치고 들어갔다.

퍽퍽!

일격, 일격에 하나씩 나가떨어지는 무인들.

그렇지만 그들 또한 나름 선별되어 이곳으로 온 자들이었다. 당하는 와중에도 그들은 달치에게 하나씩 부상을 입히고 있었다.

몇 개의 검이 달치에게 틀어박혔고, 또 몇 개는 부상을 남기며 베고 지나갔다.

그럼에도 달치는 멈추지 않았다.

순식간에 우치의 코앞까지 다가온 달치.

우치는 자신을 향해 쏟아져 나오는 거친 숨소리와 뜨거운 열기에 확 하고 정신이 돌아왔다.

커다란 그림자가 우치의 시야를 가렸다.

"우워!"

솥뚜껑만 한 달치의 주먹이 다시금 날아들었다.

우치는 그 공격을 막아 내기 위해 어쩔 수 없이 주먹을
휘둘렀다.

둘의 주먹이 허공에서 충돌했다.

쩌어엉!

주먹이 충돌한 곳을 기점으로 하여 커다란 소리와 함께
후폭풍이 밀려왔다. 충격파가 퍼져 나감과 동시에 주변에
있던 무인들 또한 그것에 휘말려 뒤로 나뒹굴었다.

엄청난 충격파를 이끌어 낼 정도의 공격.

당연히 당사자들이 받은 충격은 그 이상이었다.

둘의 몸은 반대편을 향해 튕겨져 나간 상태, 그렇지만 우
치의 상태는 특히나 좋지 않았다.

그가 달치와 충돌했던 손의 손목을 움켜쥔 채로 비명을
질러 대고 있었다.

"으아아악!"

휘두른 왼손이 움직이질 않는다.

뼈가 전부 박살이 났는지 손가락 하나 움직이는 것이 뜻
대로 되지 않았다.

심지어 부러진 뼈들이 살을 비집고 튀어나와, 왼손은 피
로 얼룩져 있었다.

우치의 눈동자가 살의로 번뜩였다.

"달치!"

그런 그의 살기가 향하는 곳. 그곳엔 달치가 자리하고 있었다.

달치의 꽉 쥐어진 주먹, 우치와 마찬가지로 피가 뚝뚝 떨어져 내리긴 했지만 그는 가죽이 벗겨진 정도였다.

달치가 피투성이인 얼굴을 팔뚝으로 스윽 닦아 내며 말했다.

"왼팔 부쉈으니 이번엔 오른팔 부순다."

자신의 몸에 박혀 있는 검들을 뽑아 바닥에 내팽개친 달치는 양발을 크게 벌리며 자세를 낮게 잡았다.

쿠웅.

그러고는 오라는 듯 손짓하며 말했다.

"우치 덤벼라. 달치가 너 완전히 부숴 준다."

"……네놈 따위가 감히 날 건드려?"

"우치 아직도 모른다. 이제 너 내 상대 아니다."

말을 내뱉은 달치의 얼굴엔 자신감이 가득했다.

우치를 보기만 하면 자동으로 떨어 대던 그였거늘, 이젠 오히려 이길 거라는 확신이 있었다.

상황이 좋지 않다는 건 달치도 알고 있었다.

함께 왔던 별동대의 절반가량이 이미 죽었다.

그리고 환야와 유영인은 세 명과 싸우며 간신히 균형을 유지하고 있다.

그랬기에 지금은 달치가 뭔가를 해야 했다.

이곳에 있는 모두를 쓰러트리고 환야와 함께 혁련휘의 옆으로 돌아가는 것.

그것이 달치의 목표였다.

그리고 그러기 위해서는…….

달치의 손에 들린 도끼에서 섬뜩한 붉은빛이 뚝뚝 떨어졌다.

살기를 뿜어내며 달치가 입을 열었다.

"달치가 모두 쓰러트린다."

*   *   *

내성이 안팎으로 무척이나 시끄러웠다.

비밀리에 잠입한 별동대와 싸우고 있다는 사실이 알려지지 않도록 하기 위해 몇 겹으로 무인들을 배치한 우치였다.

그랬기에 내성에 있는 많은 이들은 뭔가 분위기가 심상치 않다는 것만 알 뿐, 혁련휘의 별동대가 내성까지 잠입했다는 사실을 알지 못했다.

내성에 있을 간자가 별동대가 위험하다는 사실을 바깥에 알리지 못하게 하기 위한 나름의 계책이었다.

그렇지만 그런 우치의 계획이 틀어진 건 다름 아닌 싸움이 시작한 직후에 환야와 달치, 유영인 세 사람이 힘을 합쳐 연 길을 통해 빠져나간 스무 명의 별동대원들 때문이었다.

그들은 환야의 명대로 어떻게든 함정에 빠졌다는 사실을 바깥에 알리기 위해 움직였다.

물론 그들 대부분은 얼마 가지 못해 뒤를 잡혀 죽음을 맞이할 수밖에 없었다.

하지만 그들 중 셋은 생각보다 내성 깊숙한 곳까지 파고들었다.

허나 그들 또한 결국 뒤따르는 이들에 의해 잡혀 목숨을 잃을 수밖에 없었다.

빠져나온 별동대 전원의 죽음.

그들의 마지막 헛된 발악이 그렇게 조용히 사그라지는 것처럼 보였지만…….

그로 인해 하나의 움직임이 생겨나고 있었다.

칠대천의 하나인 흑랑방 방주의 거점.

그곳에는 장룡의 여식인 장유희가 자리하고 있었다.

이미 외성으로 혁련휘의 병력이 치고 들어왔다는 소식이 급박하게 밀려들어 오는 상황, 그녀는 이곳에서 실시간으로 정보를 규합하고 있었다.

비밀리에 혁련휘를 도왔던 장유희는 마교에 잠입했던 무

명이 죽은 이후부터는 아무런 움직임도 보이지 않았다.

그가 죽은 지금 뭔가를 더 하다가는 결국 꼬리가 밟힐 거라는 사실을 알았기 때문이다.

거기다 혁련휘에게 약조했던 시간 벌기도 충분히 해 준 상황.

조용히 혁련휘의 움직임만 예의 주시하던 그녀는 마침내 외성으로 그가 들어왔다는 소식에 흑랑방 내부의 모든 병력을 빠르게 불러 모았다.

조용한 장유희의 거처로 이내 다급히 한 사내가 들어섰다.

중년의 사내는 그녀의 최측근이자, 장룡이 믿고 일을 맡겼을 정도로 충성심이 가득한 자였다.

그의 등장에 자리에 앉아 있던 장유희가 자리를 박차고 일어났다.

"또 교주님에 대한 무슨 소식이 들어온 게 있나요?"

"아뇨, 교주님 쪽이 아니라 다른 정보가 하나 들어왔습니다."

마태룡(馬泰龍)이라는 이름을 지닌 그의 얼굴엔 복잡한 표정들이 가득했다. 그런 그를 향해 장유희가 급히 물었다.

"다른 정보라뇨?"

"아까 전 혈뢰주가를 겹겹이 둘러쌌던 무인들 쪽에서 교주님 측의 병력과 마찰이 있었던 것 같습니다. 몇몇 이들이 포위망을 뚫고 소란을 일으킨 덕분에 알게 된 정보입니다."

"아저씨, 그게 무슨 소리죠? 내성에 어떻게 교주님의 병력이⋯⋯."

"마교 내성까지 들어올 수 있는 비밀 통로 때문이 아닌가 추측됩니다."

"⋯⋯저희의 예상이 맞았군요."

신도율이 마교를 점령할 당시에 가장 큰 피해를 입은 것은 혁련휘를 따랐던 흑랑방이었다. 장룡을 잃었고, 많은 무인들 또한 죽었다.

그랬기에 그 일에 대해 가장 많은 조사를 했던 것도 흑랑방이다.

대체 어떻게 신도율과 그의 수하들이 내성까지 잠입할 수 있었을까?

그때 이미 흑랑방은 마교 내성 어딘가에 바깥과 이어지는 비밀 통로가 있는 게 아닐까 하는 의심을 하게 됐었다.

아마도 혁련휘 또한 그 비밀 통로의 정체를 알고 그쪽을 통해 병력을 투입시켰던 것이 분명하다.

장유희가 물었다.

"지금 상태는 어떻죠?"

"가까이 가는 게 불가능해서 정확하게는 파악하지 못했지만 지금 같이 외성이 당하는 상황에서도 포위망을 유지하는 걸 보아하니 아직 전부 제압하지 못한 것 같습니다."

"그렇군요. 그렇다면 몰래 잠입한 교주님의 병력들이 노렸던 건 역시나 내성 입구를 여는 거였을까요?"

"외성의 싸움도 그런 식으로 벌어졌다고 하니 그럴 겁니다. 하지만 지금 상황에서는 완벽히 포위당해 있어 내성의 문을 여는 건 불가능해 보입니다."

마태룡이 침착하게 지금의 상황을 분석했다.

그는 장유희가 비밀리에 혁련휘를 도왔다는 사실을 아는 유일한 인물이다.

그 또한 장룡의 원수인 신도율을 죽이고 싶을 정도로 증오하는 사내였다.

그렇지만 그런 증오 때문에 당장에 중요한 것을 놓치는 어리석은 이는 아니었다.

당장에 가장 중요한 건 살아남은 장유희를 보필하여 이곳 흑랑방을 일으켜 세우는 것이다.

내성에 비밀리에 잠입한 이들에 대한 이야기를 전해 들은 그녀가 일그러진 얼굴로 물었다.

"그런데 적들이 침입도 하기 전에 겹겹이 병력들을 그쪽에 집중시켜 배치해 놨다는 건 그들이 들어올 거라는 걸 알

앗다는 소리가 아닌가요?"

"……아마도 그럴 겁니다."

"그 말은 곧 신도율은 교주님이 마교를 칠 걸 알았다는 소리겠고요."

마태룡은 고개를 끄덕였다.

그런 그를 향해 장유희가 말을 이었다.

"그럼에도 불구하고 외성이 뚫리는 걸 그냥 두고 봤다는 소리는…… 뭔가 다른 수가 준비되어 있다는 거로군요."

말을 하는 장유희의 표정은 심각했다.

알면서도 외성을 내준 것이라면 잃는 것보다 더욱 커다란 뭔가를 얻기 위함이었을 테니까.

그게 무엇인지 알 순 없지만 적어도 혁련휘에겐 치명타가 될 계획일 것은 분명했다.

침묵하고 있는 장유희를 바라보던 마태룡이 마음속에 담아 두었던 이야기를 힘겹게 꺼냈다.

"여기서 이만 손을 떼셔야 합니다, 방주님."

혁련휘를 비밀리에 돕고 있었다는 사실이 아직까진 신도율에게 들통나지 않았다. 차라리 이 기회에 앞장서서 싸움으로써 신도율에게 눈도장을 받는 게 미래를 위해 낫다 생각한 것이다.

마태룡의 조언.

그런 그의 말에도 아무런 대답도 하지 않고 앉아 있는 장유희가 긴장이 되는지 바짝 마른 입술을 손으로 뜯었다.

마태룡의 말은 틀리지 않다.

신도율의 한 수가 먹혀든다면 혁련휘의 미래는 장담할 수 없다.

그런 지금이라도 신도율 쪽에 붙는 것이 안전할 수도 있었지만······.

장유희는 입술을 뜯고 있던 손을 내려 자신의 무릎 위에 조용히 얹었다.

태연한 척 애쓰고는 있었지만 사실 그녀는 무척이나 떨렸다.

이 모든 것들을 정하고, 감당하기에 장유희는 너무나 어린 소녀에 불과했다.

그녀는 눈을 꾹 감았다.

자신을 친딸처럼 키우며 언제나 사랑을 아끼지 않았던 장룡의 얼굴이 떠올랐다 사라진다. 이제는 다시 볼 수 없는 소중한 사람.

그가 살아 있었다면 뭔가 답을 내려 줬겠지만······ 이제는 그 모든 걸 자신이 해내야 한다.

흑랑방의 방주는 그녀였으니까.

아무런 말도 하지 않는 장유희의 모습에 마태룡이 재차

입을 열었다.

"방주님, 시간이 없습니다. 서둘러서 결단을 내리셔야 합니다."

마태룡의 말이 떨어지는 순간 천천히 눈을 뜬 장유희가 시선을 돌려 그를 올려다봤다.

그녀가 입을 열었다.

"……내성의 문, 저희가 엽니다."

장유희의 말에 마태룡은 놀란 듯 눈을 치켜떴다.

생각지도 못한 명령에 그는 자신의 귀를 의심했다. 마태룡은 믿기지 않았는지 되물었다.

"……예?"

"문, 저희가 연다고요. 교주님이 들어오실 수 있도록 저희가 움직여야 합니다."

"위험합니다! 만약에 그러다 실패하게 된다면 흑랑방은 끝입니다. 다시 한 번 생각을……."

절대 안 된다는 듯 손사래를 치며 말을 내뱉는 마태룡을 향해 그녀가 눈을 부릅떴다.

갑작스러운 그녀의 모습에 마태룡이 놀란 말을 멈췄을 때였다.

"마 대주, 분명 말했습니다. 내성의 문, 저희가 엽니다. 두 번 말하지 않습니다."

평소엔 마태룡을 향해 아저씨라 불렀던 그녀다.

어릴 때부터 옆에서 보살펴 온 마태룡은 장유희와 무척이나 가까웠다.

그토록 친근했기에 입에 익어 버린 아저씨라는 호칭은 고칠 수가 없었다.

방주가 되고서도 그에게 언제나 아저씨라 말해 오던 장유희.

그녀의 입에서 처음으로 대주라는 호칭이 터져 나왔다.

언젠가 장유희에게 그런 딱딱한 호칭을 듣게 된다면 섭섭하지 않을까 생각했던 마태룡이다.

그런데…… 이상하게도 섭섭하지가 않다.

크게 뜬 눈에서 쏘아져 나오는 강렬한 빛은 흡사 죽은 장룡을 보는 것만 같았다.

그랬기에 오히려 마태룡은 그녀에게 대견함을 느끼고 있었다.

'아직 어린애라고만 생각했거늘…… 다 컸구나.'

흔들리지 않는 저 강인한 눈동자.

저런 눈동자를 가진 이들이 얼마나 고집이 강한지 누구보다 잘 아는 그였다.

장룡도 그랬고, 지금 눈앞에 있는 이 여인 또한 그럴 것이다.

결국 마태룡 또한 결단을 내렸다.

그가 예의를 갖추어 포권을 취하며 답했다.

"불사구화대(不死九火隊) 대주 마태룡, 방주님의 명을 받들니다."

9장. 균형

— 누님

"지독한 새끼……."

말을 내뱉는 흑노의 얼굴엔 질린다는 표정만이 가득했다.

그나마 남아 있던 별동대의 무인들 대부분이 죽어 이제는 스무 명 남짓만이 살아서 간신히 싸우고 있는 상황.

숫자가 점점 줄어들고 있지만 핵심 인물들인 환야와 달치, 유영인은 계속해서 싸움을 이어 가고 있었다. 그런 그들 때문에 신도율 쪽의 손해도 막심할 수밖에 없었다.

죽인 것의 몇 곱절은 될 법한 이들이 당한 상황.

그리 유쾌하지 않은 건 당연했다.

그런데 그토록 긴 시간을 싸웠음에도 불구하고 정작 죽여야 할 세 명은 모두 버티고 서 있었다. 이들을 죽이기 위해서는 앞으로도 얼마나 많은 수하들이 죽어야 할지 감이 안 올 지경이다.

흑노는 눈앞에 버티고 서 있는 환야를 보며 이를 갈았다.

백노의 하얀 옷은 이미 피로 붉게 얼룩져 있었고, 그건 자신 또한 마찬가지였다.

검은 옷을 입어 별로 눈에 띄지 않을 뿐이지 상처는 적지 않았다.

사라졌다 나타났다를 반복하며 연신 날려 대는 비수 때문에 적잖은 부상을 입었다. 절대십마로 불리는 둘이 고작 한 명을 죽이지 못하고 쩔쩔매고 있다는 사실이 못내 짜증이 치민다.

물론 둘이 피투성이가 된 만큼 상대 또한 멀쩡하지는 못했다.

환야는 이마에서 흘러내리는 피를 힘겹게 닦아 냈다.

둘이 쏟아 내는 검강에 휩쓸린 탓에 얼굴과 팔, 배 부분에 큰 부상을 입었다.

살아서 빠져나온 것이 다행이었을 공격.

환야는 피 때문에 시야가 뿌옇게 변했지만 그것을 애써 무시하며 옆에서 들려오는 소리에 시선을 돌렸다.

그리고 그곳에서는 허공으로 움직이다 고경천에게 뒤를
잡힌 유영인의 모습이 보였다.

유영인보다 위를 선점한 고경천이 발로 그녀의 등을 내
리찍었다.

퍽!

소리와 함께 곤두박질친 유영인이 아슬아슬하게 착지에
성공했다.

그렇지만 뒤이어 떨어져 내리는 고경천의 손에 들린 검
이 먹이를 노리는 매처럼 날아들었다.

순간 환야가 치고 나섰다.

타악.

땅을 박차고 몸을 날린 그의 신형이 거짓말처럼 고경천
의 옆구리로 밀고 들어갔다.

허공에서 누군가가 다가오는 걸 눈치챈 고경천이 다급히
몸을 비틀었다.

동시에 환야의 손에 들린 비수가 그의 옆구리를 베고 스
쳐 지나갔다.

아슬아슬하게 둘의 몸이 겹치는 그 찰나, 고경천 또한 환
야의 등을 팔꿈치로 강하게 찍었다.

그 때문에 바닥으로 떨어져 내리긴 했지만 환야는 곧바
로 몸을 일으켜 세웠다.

"헉헉."

환야가 거칠게 숨을 내쉬며 다시금 흘러내리는 피를 손
등으로 닦아 냈다.

그런 그를 향해 흑노와 백노가 달려들고 있었다.

"이 새끼!"

흑노가 버럭 소리를 내지름과 동시에 검을 내뻗었다.

수십 개의 검의 잔영이 매서운 속도로 밀려들었다. 그런
적의 공격에 이번엔 유영인이 비수를 뿌렸다.

촤르륵!

소리와 함께 터져 나간 비수들을 본 백노가 다급히 검막
을 형성하며 날아드는 공격을 받아 냈다. 그러자 기다렸다
는 듯 환야가 껑충 뛰어올랐다.

그리고 허공에서 흐릿해진 환야의 몸이 거짓말처럼 그들
의 뒤편에서 나타났다.

휘리릭!

손바닥 위에서 빙그르르 돈 비수가 곧바로 흑노의 어깨
로 떨어졌다.

퍽.

비수가 박히며 터져 나온 피.

그렇지만 흑노의 검 또한 환야를 베고 지나갔다.

"끄응."

허벅지를 베이며 주춤거리며 물러서는 환야를 향해 이번엔 백노가 치고 들어왔다.

그의 손바닥에 맺힌 웅장한 기운이 폭발했다.

퍼엉!

찰나의 순간 그 둘 사이로 유영인이 끼어들어 공격을 옆으로 흘렸다.

그러고는 동시에 발바닥을 추켜올리며 백노의 턱을 올려쳤다.

날아드는 공격을 마찬가지로 고개를 치켜들며 아슬아슬하게 피한 백노가 그대로 뒤편으로 회전하며 거리를 벌렸다.

백노는 화가 치미는지 곧바로 달려들려 했지만 이내 멈칫했다.

어느새 비수를 뽑아 든 유영인에게서 쉽사리 접근하기 어려운 기세가 뿜어져 나온 탓이다.

절대십마의 한 명이긴 하지만 그의 실력은 유영인이나 환야를 이길 정도는 되지 못했다. 아마도 흑백쌍존 둘만 있었다면 싸움은 일찌감치 그들의 패배로 마무리됐을 것이다.

이 싸움이 길게 이어지고 있는 이유.

그건 바로 고경천의 존재 때문이었다.

그가 있기에 지금 흑백쌍존은 둘을 밀어붙일 수 있었다.

살수의 무공을 익힌 유영인이었기에 이런 전면전에서는 고경천이 한 수 위의 실력을 뽐낼 수밖에 없다. 당연히 시간이 갈수록 유영인은 조금씩 고경천에게 밀리고 있는 상황이었다.

환야 덕분에 고경천의 치명적인 일격에서 간신히 벗어날 수 있었던 유영인은 그런 지금의 상황을 정확하게 파악하고 있었다.

'이대로는 오래 못 버텨.'

옆에 서서 힘겹게 숨을 헐떡이고 있는 환야만 봐도 체력이 바닥을 드러낼 정도로 고갈된 것처럼 보였다.

그나마 유영인은 고경천 하나만을 집중적으로 상대했지만 환야는 흑백쌍존과 또 덩달아 인근에 있던 다른 적들에게도 비수를 날려 대며 함께 들어온 별동대를 도왔다.

거기다가 계속해서 유영인과 고경천 사이에 개입하며 그녀가 위험할 때마다 몇 번이고 구해 준 환야다.

동분서주하게 움직인 것만큼 체력적으로 더욱 지치는 건 당연한 결과.

상황이 점점 좋아지지 않는 걸 알고 있지만, 유영인은 괜스레 거친 숨을 몰아쉬는 환야에게 희망적인 쪽으로 말을 돌렸다.

"네 친구 제법이네."

말을 하는 유영인의 시선이 잠시 반대편에서 한참 싸우고 있는 달치에게로 향했다. 그는 우치를 포함한 적들을 홀로 휩쓸고 있었다.

물론 쏟아지는 공격을 몸으로 받아 내며 싸우다 보니 달치의 전신은 피로 낭자했지만, 그만큼 풍겨져 나오는 박력 또한 평소보다 훨씬 강렬했다.

"으아아아!"

달치의 입에서 터져 나오는 고함 소리는 이제 적들에겐 공포 그 자체였다.

환야가 터져 나오는 거친 숨을 조절하며 유쾌한 듯 말을 받았다.

"그치? 좀 무식한 게 흠이지만."

장난스럽게 말을 내뱉긴 했지만 달치를 바라보는 환야의 눈빛에는 깊은 걱정이 서려 있었다. 쓰러트린 적이 많아질수록 달치의 몸에 새겨지는 상처 또한 늘어나고 있음을 잘 알기 때문이다.

지금만 해도 전신에 칼이나 짧은 비수가 박힌 상태에서 적들을 휩쓸고 있는 상황이지 않은가.

다행히 그의 단단한 육체의 깊숙이까지는 박히지 않았다고 하지만 그렇다고 해서 멀쩡한 것도 아니다.

그저 눈대중으로만 해도 검에 찔린 상처가 스무여 개는 될 정도로 많았고, 보이지 않는 곳까지 포함한다면 그보다 훨씬 많은 부상을 입었을 게 분명했다.

거기다 우치와 힘 싸움을 하면서 신체의 많은 부분이 퉁퉁 부어 있었다.

물론 그 대가로 우치의 한쪽 팔은 아예 박살이 나 버렸고, 얼굴은 알아보기 힘들 정도로 으깨져 있었다.

이는 몇 개가 나갔는지 확인할 수 없을 정도인 데다가 코뼈도 내려앉은 상태였다.

맹활약을 하고 있지만 피투성이인 달치.

그리고 이제는 호흡조차 거칠어질 정도로 지쳐 버린 자신과, 마찬가지로 점점 속도를 잃어 가는 유영인까지.

환야는 찌뿌둥한 목을 가볍게 움직였다.

아주 잠시간 숨 돌릴 틈을 벌긴 했지만, 이제는 다시금 싸워야 할 시간이다.

그런 둘을 다소 떨어진 거리에서 바라보던 고경천은 피가 흘러내리는 허리를 손바닥으로 틀어막은 채로 눈살을 찌푸렸다.

'……맘에 안 드는군.'

지금 이 싸움이 여러모로 마음에 들지 않았다.

이곳에서 기대했던 것은 유영인과의 일대일 대결.

그렇지만 지금은 일대일이 아닌 셋이서 압박을 하며 둘을 죽이려 들고 있다. 그런 방식이 맘에 들지는 않았지만, 애초에 지금 상황을 이해하고 있기에 애써 넘어가려 했다.

허나 싸움이 길어지자 고경천은 점점 짜증이 치밀고 있었다.

천생 싸움꾼인 그에겐 기분 더러운 대결.

가능하다면 서둘러 끝내고 싶었거늘 상대하는 둘 모두가 지독하게 버티고 있는 상황이다.

그리고 그 이유가 무엇인지 고경천은 잘 알고 있었다.

'환야라고 했던가.'

저놈이 문제다.

유영인을 죽이려 할 때마다 번개처럼 개입하며 움직여대는 저놈 때문에 몇 번이고 좋은 기회를 놓쳤다.

어차피 살수가 아닌 무인으로 나설 수밖에 없는 지금의 상황상 유영인은 최고의 실력을 뿜어내지도 못한다.

최상의 상태가 아닌 적에겐 고경천 또한 크게 관심이 가지 않았다.

고경천이 결단을 내렸다.

'저놈부터 죽여야겠어.'

유영인이 날뛰지 못하게 하려면 환야, 저놈부터 죽여야 한다는 사실을 깨달았다.

이 지루한 싸움, 이제 슬슬 끝내야 한다.

고경천의 전음이 달치와 뒤엉켜 있다가 급히 빠져나오고 있는 우치에게로 날아들었다.

『한심하긴. 언제까지 한 놈한테 쩔쩔맬 거야?』

『뚫린 입이라고 지껄이긴! 네놈이야말로 언제까지 그런 약골들한테 시간 낭비하고 있을 건데?』

우치가 질세라 반박했다.

그런 그를 향해 고경천이 퉁명스레 전음을 이어 나갔다.

『됐고. 이대로 시간을 더 끌다가는 막상 중요한 혁련휘 쪽 계획이 수포로 돌아갈 거다. 괜히 더 시간 끌지 말고 한 번에 끝내지.』

고경천의 전음에 우치는 날뛰는 달치를 슬쩍 바라봤다.

몸에 몇 개의 검이 꽂힌 채로 싸워 대는 저 괴물 같은 놈에게 이미 질릴 만큼 질린 상태였다.

우치가 한결 누그러진 말투로 물었다.

『……어떻게 하자는 건데?』

『지금 이 싸움의 균형을 깨기 위해선 한 놈을 죽여야 해. 그리고 그 표적으론 환야라는 놈이 좋겠군. 그놈이 함께 데리고 들어온 무인들과 유영인을 지키고 있거든.』

『그래서 내가 할 일은?』

『그냥 신호를 보내면 그놈에게 달려들어.』

지금 어떻게 세 명 사이에서 아슬아슬한 외줄 타기를 하고 있는 환야다. 그런 그에게 우치까지 순간적으로 개입하게 된다면 결국 그 외줄에서 떨어지고야 말 것이다.

그리고 그 외줄에서 떨어지는 그 순간이…… 놈의 숨통을 끊을 절호의 기회였다.

우치에게 계획을 알린 고경천은 곧바로 검에 내력을 주입했다. 섬뜩한 그의 기운이 순식간에 주변으로 퍼져 나갔다.

창창!

주변을 뒤덮고 있는 많은 이들이 뒤엉키며 흘러나오는 병장기 부닥치는 소리들.

그런 소리들 사이에서 낮게 울리기 시작한 고경천의 검.

웅웅웅.

검의 울음소리가 들려오는 걸 보며 유영인과 환야는 긴장한 표정으로 그를 바라봤다.

여태까지와는 뭔가 다른 분위기가 고경천에게서 풍겨져 나왔다.

고경천은 자신의 앞에 서 있는 흑백쌍존에게 명령했다.

"공격해."

"……."

두 노인은 불쾌한 표정을 지어 보였지만, 뒤편에 있는 고경천에겐 보이지 않았다.

흑백쌍존이 동시에 달려들었다.

파바박!

양옆으로 마구 몸을 흔들며 다가오는 둘을 향해 환야와 유영인 또한 손가락 사이에 낀 비수들을 움직였다.

그렇게 네 명의 몸이 순간적으로 뒤엉키는 그 순간 고경천이 멀리에 있는 우치에게 서둘러 전음을 날렸다.

『지금!』

부하들의 뒤에 숨어 달치와 적당한 거리를 벌리고 있던 우치는 고경천의 전음을 듣기 무섭게 방향을 틀어 환야가 있는 쪽으로 달려들었다.

갑작스러운 우치의 개입.

그리고 그 순간 고경천이 뒤편으로 다가가며 가까이에 있던 백노의 등을 발로 걸어찼다.

생각지도 못한 공격에 백노의 몸이 앞쪽에 있는 유영인을 향해 밀려 나갔다.

당황한 건 백노 뿐만이 아니라 유영인 또한 마찬가지였다.

갑작스럽게 백노가 쓰러지듯 자신에게 밀려오자 그녀는 황급히 비수를 움직여 상대의 가슴에 박아 넣었다.

그리고 밀려 나가고 있던 백노는 그 공격을 피할 수가 없었다.

푸욱!

비수가 백노의 가슴에 틀어박히는 바로 그때였다. 그의 뒤편으로 커다란 덩치의 우치가 스쳐 지나갔다.

갑작스럽게 고경천이 백노를 발로 밀어 죽게 만든 것은 혹시나 유영인이 우치를 막게 되는 걸 방지하기 위해서였다.

단 한 번의 공격을 위해 절대십마의 하나인 백노의 목숨을 미끼로 삼았다.

그렇지만 어차피 고경천에게 백노는 그 정도의 가치밖에 없는 이였다.

그렇기에 망설임 없이 실행할 수 있었던 작전.

우치가 튀어 오르며 그의 몸이 흑노와 싸우고 있던 환야를 향해 날아들었다.

갑작스러운 기척에 환야는 황급히 그쪽으로 고개를 돌렸다가, 이내 자신을 향해 몸통째 밀고 들어오는 우치를 확인할 수 있었다.

'젠장!'

환야는 앞에 있던 흑노를 다급히 밀쳐 내며 어떻게든 피해 내려 했지만 우치의 몸은 이미 지척까지 다가와 있었다.

그리고 우치는 그 커다란 덩치에 힘을 실은 채로 환야를 어깨로 들이받아 버렸다.

쿠웅!

환야의 몸이 허공으로 붕 뜨더니 뒤로 마구 밀려 나갔다.

우치의 힘이 실린 일격에 환야의 입에선 피가 뿜어져 나왔다.

"커윽!"

그가 거친 숨소리와 함께 피를 삼켜 내는 그때였다.

간신히 착지한 환야가 서 있는 그곳으로 기다렸다는 듯한 줄기의 빛이 날아들고 있었다.

주춤하고 상체를 숙였던 환야는 이내 자신을 향해 밀려드는 하얀 빛을 느끼고는 놀라 고개를 치켜들었다.

그리고 고개를 든 환야의 낯빛이 순식간에 어두워졌다.

'……검강!'

고경천의 검 주변에서 꿈틀거리던 기운이 검강이 되어 환야를 집어삼키려 다가오고 있었다.

동시에 등골을 타고 전신으로 퍼지는 오싹한 느낌.

환야는 직감할 수 있었다.

피할 수 없다고. 그리고 이 검강에 당하는 순간 자신의 미래 또한 장담할 수 없다는 것도.

환야가 놀란 듯 눈을 치켜떴다.

그가 날아드는 검강에 휩쓸리려는 바로 그때였다.

무엇인가가 환야의 옆으로 다가왔다.

검강으로 향했던 그의 시선이 새로운 기척으로 인해 돌아가는 순간.

그곳엔 유영인이 있었다.

몸을 날린 그녀의 쭉 뻗어진 팔이 환야의 어깨에 닿았다.

틱.

유영인이 밀친 덕분에 환야의 몸은 그곳에서 옆으로 밀려 나갔다.

그렇지만 그로 인해 쏟아져 들어오는 검강의 사정 범위 안에 그녀가 휩쓸렸다.

날아드는 새하얀 검강.

황급히 고개를 치켜든 그녀, 그렇지만 그 순간 새하얀 빛이 유영인을 뒤덮었다.

그리고…….

콰콰콰쾅!

검강이 떨어져 내리는 곳을 기점으로 하여 사방으로 커다란 폭발이 터져 나왔다.

인근에 있던 건물들은 당장이라도 무너질 것처럼 흔들렸고, 주변으로는 폭풍을 연상케 하는 바람이 휘몰아쳤다.

그만큼 커다란 파괴력을 지닌 검강이 주변을 휩쓸고 지나간 탓이다.

유영인이 밀친 덕분에 간신히 검강의 범위에서 벗어나 바닥에 주저앉아 있던 환야의 표정이 딱딱하게 굳었다.

엉망이 되어 버린 그곳엔 피투성이가 되어 쓰러져 있는 한 여인의 모습이 들어왔다.

바닥에 쓰러진 유영인의 열린 입으로 검은 피가 터져 나왔다.

"쿨럭."

사지를 부들부들 떨면서 피를 토해 내던 그녀가 힘겹게 고개를 돌려 환야가 있는 쪽을 바라봤다.

그리고 환야를 확인하는 그 순간…… 놀랍게도 그녀가 미소 지었다.

마치 환야가 살아 있는 것이 다행이라는 듯이.

웃기 위해 벌린 입 사이에서 드러난 유영인의 이는 피로 인해 새빨갛게 물들어 있었다.

환야가 주먹을 움켜쥐었다.

"누님……."

말을 내뱉는 환야의 눈동자가 흔들렸다.

〈다음 권에 계속〉

DREAMBOOKS